俺男人

姜淑梅 著

山东画报出版社

图书在版编目（CIP）数据

俺男人 ／ 姜淑梅著. —济南：山东画报出版社，
2016.6

ISBN 978-7-5474-1831-4

Ⅰ. ①俺… Ⅱ. ①姜… Ⅲ. ① 故事—作品集—中国
—当代 Ⅳ. ①I247.8

中国版本图书馆CIP数据核字（2016）第090783号

责任编辑　傅光中
装帧设计　王　钧
主管部门　山东出版传媒股份有限公司
出版发行　山东画报出版社
　　　　社　　址　济南市经九路胜利大街39号 邮编 250001
　　　　电　　话　总编室（0531）82098470
　　　　　　　　　市场部（0531）82098479 82098476(传真)
　　　　网　　址　http://www.hbcbs.com.cn
　　　　电子信箱　hbcb@sdpress.com.cn
印　　刷　山东临沂新华印刷物流集团
规　　格　160毫米×230毫米
　　　　　20.25印张　36幅图　116千字
版　　次　2016年6月第1版
印　　次　2016年6月第1次印刷
定　　价　36.00元

　　　　如有印装质量问题，请与出版社总编室联系调换。
　　　　建议图书分类：畅销书、文学、历史

母女·师生·同行 （代序）

艾 苓

2013 年，娘的第一本书《乱时候，穷时候》出版。娘突然问："张老师，你出几本书了？"

"三本。"

她很不屑："写了那么多年，才出三本书哇？俺一年一本书，那不很快撵上你？"

2015 年，娘第三本书面世，她问："这回俺撵上你了吧？"

我说："何止撵上，你已经超过我了。"

原本只想哄娘玩，一不小心玩大了。

2013 年 11 月，《新京报》记者电话采访，我正要上课，给了记者住宅电话。几天后看到报纸电子版，标题吓我一跳：姜淑梅：只要活着，一年要出一本书。

我问娘："这是你说的？"

"是俺说的，咋啦？"

"一年一本书，专业作家不一定做到。"

"书太厚没人看，一年写十万字，那还不轻巧的？"

自己的故事写得差不多，娘跟我说："有点吹大了——"不等我大笑，她已经胸有成竹，"没事，我到外面上货去。"

她见面熟，跟谁都能找到话说，一分钟进入热聊，写作以后这变成采访能力，在小区、路边和火车上上到不少好货。只要听说哪有爱讲故事的人，她两眼放光立马前往，至今如此。

娘经常跟我讲百时屯，那是她的出生地，鲁西南大地上特别典型的古老村庄：一个村庄有三大姓，分片居住，每个家族有自己的家族长，行使管理权，乱穷时代村庄里上演了诸多悲喜剧。我让她一个人一个人地写，一件事一件事地讲。

记忆里的故事写得差不多了，我特意陪娘回山东巨野，专程上货，收获颇丰，有了第二本书《苦菜花，甘蔗芽》。

此后我们每年都回老家上货，有时一年数次。假期我们也去绥化附近乡村，住在亲戚家里上货。

这两年娘上的货内容比较集中，一部分是民间传奇传说，一部分是家族史。"传说传说，越传越多"，写民间故事她偶尔演绎，残缺不全的她补充完整。写家族史就不同了，我经常替她打印出来一份纸质稿，供讲故事的人核对。每个跌宕起伏的家族史，都可能是小说家笔下的一部长篇，到了她笔下就三两千字，不好的货她不要，只讲这个家族最精彩的故事。民间故事集《长脖子女人》出版后，获华文好书特别奖，第四本书《俺男人》即将付印。

我们也有冲突。

我跟娘说过："1970年以后的事你就不要写了。"

"为啥？"

"现在的事你写不过我，也写不过别人，你就讲老故事。"

有一回她写了一起凶杀案，这事发生在1980年，受害人是我家前院的邻居，失踪数日后尸体浮出水面。案件很快告破，原来他偶然看见盗窃团伙分赃，因此招来杀身之祸。杀他的凶手是盗窃团伙成员，也是他的亲弟弟。娘和受害人一起干过临时工，知道案子的来龙去脉，讲述生动。

我看完手稿放到一边，明确告诉她："这个我不给你录。"

"为啥？"

"过去没有电视、网络和手机，这类事大家很少听说，茶余饭后会谈论很长时间。现在这类事整天都在报道，比这更离奇的案子有的是。"

娘半信半疑，收回她写的宝贝。

过些天，《北京青年报》记者陈徒手到家采访，他是作家，也是口述史研究专家。采访间隙，娘说起这事："我感觉写得挺好，俺闺女不给录。"

徒手老师看过手稿跟娘说："这篇写得确实挺好，我看不用录，您老人家还是留起来吧。"

某次，看娘的手稿里有个词"也许"，我问："你知道'也许'什么意思吗？"

"知道，可能、大概呗。"

"那我给你换上'大概'，以后不要用这个词了，我上小学四五年级才知道有这么一个词。"

娘不服气："我都写两年了，没事还看书，咋也算小学二年级学生吧？还不兴俺用个词啦？"

"不行。你一直用大白话讲故事，这也是你的风格。突然冒出来个文绉绉的词，别扭。"

她说："老师，我知道了。"

第三本书交稿后，编辑跟我说打算配插图，想不起来哪位画家更合适。

我说："我娘年轻的时候会剪纸。"

编辑说："可以让姜奶奶试试。"

当时娘已经买回彩笔，没事的时候涂鸦了。我让她继续练，试着画故事里提及的蛇、石磙、棉车子。

她画了一下午很泄气："画啥不像啥，俺不画了！"

"你才开始画，要是画啥像啥，那些画家就得饿死了。反正天冷路滑上货不方便，你慢慢练吧。"

她急了："不行！你马上给编辑打电话，他爱找谁画找谁画，俺不画！着急上火的，俺图啥？"

我也有些气："行！我马上发邮件。"

邮件写完，我没发送，万一她改变主意呢？

第二天早晨我刚进门，她就说："我还是学画吧，画不好人家不用呗，玩啥不是玩呢？"

我故意问："那你昨天怎么说的？"

"张老师，我错了。"

编辑虽然决定先出文字版，以后再配插图，各种各样的画笔却成了我娘的新玩具。

1985年艾苓考上大学时母女合影。这一年，姜淑梅48岁，艾苓18岁。

2016年，作家母女的合影。

娘的住处跟我教书的绥化学院隔一条马路，我每天必去，很晚才走，太忙就不回家了。我跟娘说："这儿是作家工作室。"

娘的文字像从泥土里挖出来的瓷器，我要擦去上面的灰尘，但必须小心翼翼。我的原则是只改病句，删除重复的内容。

最初我用红笔改，后来发现另有捷径，我把病句读给她听："这句话有毛病，你听出来没有？"

有时候她能听出来，听不出来的毛病我得跟她讲错在哪里。我让她把这句话说一遍，再说一遍，我按照没有语病的口述录入。

写作，出书，媒体报道，给了娘前所未有的快乐和自信，也给了我打击和压力。

成名以前，她的身份介绍是"张老师的母亲"；成名以后，我的身份介绍变成"姜淑梅的女儿"。仅此也就罢了。

磨铁图书公司不时把加印信息告知我，我自然要告知她。她问："你三本书加印过几次？"

"一本都没加印过。"

娘侧头问："都说你写得好，写得好咋不加印呢？"

直指痛处，特受打击，但是我得承认："还是写得不好，写得好就加印了。"如果她不是我娘，我一定会嫉妒她。

痛定思痛，以娘的作品为参照审视自己的作品，我发现问题：她的文字没有说教和文艺腔，我总想阐释一个道理；她的作品出自乡间田野，我的作品更自我更小家子气。

意识到问题，我开始规避腔调和道理，也开始上货。以往去外地出差，我都看看风景看看朋友。现在抽时间单独约见学生，看看他们工作生活的地方，倾听他们的喜怒哀乐，力所能及提供帮助，也写出一批学生故事。爱人是我作品的第一读者，他说："确实超出你以往的作品，我被打动了。"

娘还是大清早起来，抱着沙发枕垫用废纸写作，各种说明书和废纸壳的背面都不放过，成为手稿的一部分。除了做饭、洗衣服、收拾房间、做仰卧起坐，她还带着邻居一起做老年回春保健操。

我俩都忙，有时撞车。如果是教学上的事，她给我让路，说啥事都没有学生的事大；如果是写作，我常给她让路，跟娘和给她提供货源的人比，我还年轻，来日方长。

转眼，爹离开我们已经二十年。若能接通那个世界，我想告诉他：我娘很好，越来越好，不光成了作家，还想当画家呢。

目　录

东北传奇

山东传奇

谷家兄弟和冯玉祥

谷良友在菏泽地区名气大，八十岁以上的都听说过他，俺小时候听爹提起过。

他一八八一年生，家在巨野县城西南谷庄，兄弟五个，排行老三。家里穷，他十七岁出去当兵，在保定练军时跟冯玉祥一个棚。一个棚十二个人，用现在的话说，就是一个班。

谷良友比冯玉祥大一岁，一米八的个头，说话声大，性格爽快，还有一身好拳脚。冯玉祥也大个，爱看书，很厚道。

棚里那些人赌博，让冯玉祥到外面站岗；他练毛笔字，他们故意晃桌子；他在灯底下看书，他们嫌他浪费灯油，耽误他们睡觉；他掏钱买灯油，在墙上挖个洞，用布盖上头在里面看书，那些人还找他小脚（注：小毛病）。谷良友实在看不下去，常为冯玉祥打抱不平。

有时候改善伙食，吃面条。那些人一哄声上去，把面条都捞走，轮到冯玉祥，桶里光剩面条汤。再吃面条，谷良友上前一步，先给冯玉祥捞一大碗稠的。他捞完，那些人才敢靠前。

两个人越处越好，结拜了仁兄弟。在俺老家，仁兄弟比亲兄弟还亲哩。

三年以后，练军改编成准军，大部分官兵给裁下来，这里面就有谷良友。走的时候，他跟冯玉祥都哭了。

谷良友回到谷庄后，听说冯玉祥的哥哥在曹州府（注：菏泽的旧称）带县队，他投奔过去，有了份差事。

一九〇七年，冯玉祥从奉天来山东参观阅兵，哥哥听说了，派谷良友去济南，接冯玉祥来曹州府住几天。

这次见面，两个人亲热不够。从济南上路，冯玉祥说："我先跟你回家，看看老娘。"

两个人到谷庄下车，先去谷家堂屋。

冯玉祥给老娘问好后，说："娘，我给你老磕头。"他恭恭敬敬跪在地上，磕了三个头。

磕完头，两个人到场院里歇着。谷良友拆了一扇门板当桌子，又搬了几块砖头，摞起来当凳子。饭是烙饼卷炒鸡蛋，菜是炒了一碗豆芽，拌了一大碗黄瓜。这是谷家能拿出来的最好饭菜了。

两个人正吃得高兴，来了一个六十多岁的老头，白头发，白胡子，白褂子，白裤子，叼着烟袋，是谷良友同族的大哥。他特意过来跟冯玉祥拉呱，管冯玉祥叫"冯大人"，坐下来头一句就问："冯大人，你置多少地了？"

冯玉祥说："现在咱国家好多地方都让外国人占着，我哪有心思置家产啊？"

老头笑了笑，说："你到底还是年纪小哇，不知道活着不容易。外国人占这里占那里，和咱有啥关系？俺劝你还是置几顷地，有个三顷五顷地，再好不过了。啥都没有地好，老话说得好：'有地能治百病。'你是良友的朋友，俺才把实话告诉你，你千万别上人家的当哇。"

冯玉祥问："要是咱国家亡了，有地有啥用？"

老头说："为啥没用？谁当皇帝，咱给谁纳粮就中了。"

冯玉祥再没往下说，知道这是好意，老百姓都这么想。

后来，谷良友和五弟谷良民都跟着冯玉祥当兵，打过不少仗。

一九二一年，谷良友跟着冯玉祥打到陕西，他那时候是一团三营营长，团长叫李鸣钟。李鸣钟命令谷良友这个营当预备队，先别上去打。谷良友不听，带着手下人上了战场，打了胜仗。

李鸣钟怪谷良友不听命令，谷良友感觉自己立了特等功，一点儿不服气。

李鸣钟向冯玉祥报告说："谷良友只听你一个人的，别人谁也管不了，我这个团长怎么当？"

冯玉祥一听，谷良友犯了军中大忌，气得跺脚大喊："把谷良友拉出去，毙了！"

军官跪下一大片，都为谷良友求情。

冯玉祥说："今天谁讲情也不行，非把谷良友毙了不可！要是不毙谷良友，我这个旅长也不干了！"

这些人一看，冯玉祥真生气了，只好偷着放了谷良友，让他回老家躲躲。

几天以后，冯玉祥消气了，派人把谷良友叫回来，撤职。

第二年，冯玉祥带着队伍去河南，打的是河南省督军赵倜。谷良友已经调到警卫团当营长，他领着人在炮火里杀了个七进七出，人家装备再好，也怕他这不要命的。冯玉祥总结这次打仗，把谷良友说成了长坂坡的赵子龙，立了大功。

一九三〇年，谷良友回到山东，在韩复榘手下干，是鲁西民团总指挥，驻军菏泽。

有一回，巨野有个人贩盐到了菏泽，他推的小红车子碰到人家房子，人家不让他走，把车和盐都扣下了。实在没办法，他去找谷良友，谷良友管了他一顿饭，又到那家说说，人家把车和盐给放了。

谷良友的媳妇傅氏是个农家女，冯玉祥叫她三嫂，很敬重。当兵的穿鞋磨损快，谷三嫂给丈夫做的铲鞋也有冯玉祥一份。铲鞋底子前边长出来一个尖，翻过来缝到鞋面上，鞋前尖轻易不坏，一双铲鞋顶两双圆头鞋。鞋底都是直底，不分左右脚，两只鞋咋穿都行。

有一回集合训话讲到行军的事，冯玉祥抬起脚来说："这是谷三嫂做的铲鞋，结实经穿，左右脚还可以替换着穿，行军方便。"用现在的话说，铲鞋太土，要好的农民都不穿，这么大的将军穿铲鞋，当兵的和家属都跟着学。

一九三二年，冯玉祥隐居泰山普照寺，谷良民那时候是二十二师师长，他派出一个团驻泰安，谷家兄弟也常上山看看。

冯玉祥特意捎信，叫谷三嫂给做几床粗布棉被。

做好以后，谷三嫂送到山上，冯玉祥和媳妇李德全都很高兴，留谷三嫂在泰山多住几天，拉拉家常话。

棉被被面是蓝格粗布，里子是白棉布，冯玉祥说："还是粗布棉被盖上暖和。"

谷家人提起冯玉祥都叫"冯先生"，谷三嫂回家以后说，冯先生在泰山穿一身粗布衣裤，戴的是老头戴的毡帽头子，腰带都是粗布的。他们吃的是粗茶淡饭，白菜炖豆腐，大饼卷炒鸡蛋算是好的了，冯先生也最爱吃。

冯玉祥主张男女平等，妇女剪短发，不裹脚。谷良友两个闺女凤仪和鸾仪都没裹脚，谷三嫂也把自己的脚放开，娘儿仨都剪短发。这些在菏泽和巨野都是新鲜事。

那时候，山东有个老缺（注：土匪）叫刘桂堂，外号刘黑七，经常领人来菏泽，走到哪里杀到哪里。

一九三四年，听说刘黑七到巨野了，谷良友领着部队跑步过来，一心活捉刘黑七。没承想刘黑七跑了，他劳累过度，又上了一股火，勾起旧病，病倒了。

谷良友的病确诊是胃癌晚期。冯玉祥原想让谷良友到北京协和医院动手术，派人送去病历。医院一看病历，已经晚期，不愿接受这手术。

谷良友在济南手术以后，不到一个月去世了，那天是农历九月初九。

第二天早晨，冯玉祥从泰山赶到医院，放声痛哭。哭完，他去省政府跟韩复榘商量丧事，成立了治丧委员会。

几天以后，追悼会在济南市政府大院里开，冯玉祥自己写的祭文，念了十多分钟，在场很多人听了掉泪。他写的挽联也挂在会场，上联是："想当初咱们同心同德同革命音容俱在"；下联是："看今朝你先生先死先超生浩气长存"。

开完追悼会，起灵到车站，运回巨野下葬，军官轮流抬棺，送殡的好几千人，前面还有部队仪仗队。冯玉祥跟韩复榘说："我们百年以后，怕是没有这样的待遇了。"

日本人开战以后，国民党高级军官的家属先去武汉，后去重庆，谷良民一家也跟着去了重庆。

冯玉祥问："三嫂为啥没来？"

谷良民说："三嫂不愿意离开老家，回农村去了。"

冯玉祥很生气，说："你们都怕死，她不怕死？"

他派人到巨野乡下接三嫂，特意嘱咐办事的人："光接三嫂，不接姨太太。"他最看不起做姨太太的人，人家有媳妇了，还去做小，这是看不起自己。

三嫂说："都是一家人，俺不能撇下她们自己逃命。要走都走，要不走都不走。"

来人很为难，跟冯玉祥汇报。

冯玉祥答应了，就一个条件：姨太太不能跟他见面。

一九三八年，谷三嫂她们到了重庆，住进冯玉祥预先安排好的地方，军属待遇。冯玉祥经常过来看看，他每次去，三姨太、四姨太都提前躲起来。

1946年，姜源清（右二）率全家由重庆北返，途经陕南留侯祠时留影。另为女婿韩子华（右一，韩复榘次子，后为民革中央委员），长子谷自成（左二），次子谷自生（左一）。谷自生提供。

一年以后，三嫂肚里长瘤，回到老家，不到两年，死在三姨太娘家的宅子里。

谷良民也是练武的人，长得膀大腰圆。当兵以后，他在冯玉祥跟前先当传令兵，后当传令员，冯玉祥叫他小五。

一九一五年，冯玉祥带兵进四川，走到自贡刘家场，下起大雨，冯玉祥住进一家铺子，在柜房歇下。铺子门前有个小楼，军医处住在里边。楼上有几只大缸，缸里放的是当地保安团的火药。

军医处有个士兵上楼放东西，点蜡烛照亮，不小心把火药点着。

轰隆一声响，楼毁了，人死了，一阵大乱。

谷良民以为有了敌情，他摸黑把门捣开，背起冯玉祥就跑，一直跑到安全的地方。

一九二四年，谷良民已经当了八年连长，一起当兵的有的提升很快，像韩复榘已经当团长了。他想不开，离开部队回了谷庄。

冯玉祥气坏了，派人到谷庄把谷良民找回来，交给军法处。

他问："开小差该咋办？"

处长说："该打军棍。"

在一起当兵多年，谁都不好意思打谷良民，冯玉祥拿起军棍亲自动手。

谷良民身强力壮，用力把腿一挺，军棍折了。

1919-1920年之间，陆军第十六混成旅旅长冯玉祥赠给警卫连长谷良民的"军官佐体操团纪念品"。正面为双旗及和平鸽，刻有"连长谷良民"字样，背面打有"常德熊庆华"银楼戳。

大家趁机讲情，谷良民被撤职察看。

时间不长，他当了营长。

抗战的时候，谷良民是五十六军军长。一九三八年二月，谷良民接到上边命令，得把济宁从日本人手里拿回来。他领着二十二师从定陶起兵，连夜攻城。

有个旅长向他汇报："损失过重。"

他说："不管损失到什么程度，不能后退！你告诉手下人，宁肯让子弹从前面穿过，绝不能让子弹从后面进去！"

谷良民在前线指挥，天亮前他们攻进北门，进去九个连，跟日本人枪对枪刀对刀打。

济宁城好不容易拿下来，日本人开着大炮坦克又给抢回去，谷良民九个连的官兵都死在济宁城里。

那些天打打杀杀死伤太多，谷良民接到撤退命令。

冯玉祥听说后特别高兴，跟媳妇说："小五子就是不含糊，到底打了个胜仗。"他让人给谷良民汇去四千元，犒劳官兵。

济宁战役后，谷良民辞了军长。

他去见蒋介石，蒋介石说："你先到军事参议院休息下，以后再带兵。"还送给谷良民一张五千元的支票。

谷良民说："多谢委员长！现在国家正在用钱，这钱我不要。"

蒋介石笑了笑说："好样的！"

一九四〇年，汽油紧缺，酒精可以替代。谷良民在江津建了个酒精厂，叫"建国酒精厂"，他当董事长，职工上百人，

蒋介石（左）召谷良民（中）、孙桐萱（右）训话。《申报图画周刊》第三十号。

厂名牌匾是冯玉祥写的。

　　一九四八年，冯玉祥突然去世，谷良民整天流泪，难过很长时间。

　　一九五一年，天津公安拘留审查谷良民。一九五三年释放，给的结论是："集中学习，教育释放，免予起诉。"

　　一九五四年，谷良民把天津的住房和部分积蓄捐给政府，全家搬到北京。

　　"文化大革命"的时候，谷良民和媳妇姜源清被揪出来，抄家，剃光头，挂牌游街，后来又给遣返回老家。

　　谷良民回到大义谷庄，有的红卫兵不知道深浅,想动手打他。他说："你先回去问问你家老年人，看我做没做过对不起你们

1964年，谷良民、姜源清在北京家中与孙子孙女合影。谷自生提供。

谷良民、姜源清1972年在老家谷庄合影。谷自生提供。

的事。"

有时候大义公社开批斗会，哪次都来不少老年人，他们挂着棍子来，用棍子护住谷良民，不让小年轻的瞎整。

一九七三年，谷良民和媳妇被接回北京。

两年后，谷良民在北京去世，那年八十六岁。

根在山西

王启明一九三一年生在菏泽王集，他的老爷爷是读书人，清朝的增贡训导。到了土改，爷爷是富农，爹是中农。

添启明那年，家里有一头牛一匹马。有个算命先生跟奶奶说："你就有一头牛一匹马的命，你家要是养两匹马一头牛，你就活不成了。"

几年以后，家里日子越过越好，把这事忘了。

一九三五年，爷爷又买一匹马。就是这年，奶奶生三叔，得了产后风。

那时候，当先生可牛了，得用轿子请，来了吃鸡蛋挂面，还得准备好烟泡伺候着。就是这样，也是来一个走一个，都没看好奶奶的病。

听说城南曹先生最有名，爷爷让爹赶车去请。这个曹先生说道更多，他要一个新脸盆、新毛巾，还得有盆架子。脸盆毛巾都好办，盆架子买都没处买去。

好在跟前有户人家，儿子在外面是国民党师长，听说他家有个盆架子，爹舍脸借来。这个曹先生也没治好奶奶的病，奶奶死的那年才三十七八岁。

一九三七年阴历六月，谷子刚出穗，天气闷热，男人去外边找有风的地方睡，女人和孩子在地上铺个箔，上面铺张席，在院子里睡。夜里蚊虫多，有蚊帐的人家少，在哪儿睡，都叫蚊子咬得睡不着觉。半夜下雨，庄里的人都回屋了。睡到五更天，地晃起来，一会儿比一会儿晃得狠。

有人喊："大事不好，天塌地陷了！快往外跑吧！"

天上下雨，地上蹚水，大人孩子都往外跑，跑到庄上大树底下。

启明那天拉肚子，怕雨浇，娘陪他在西屋待着，没往外跑。地晃，屋子晃，东西乱响。地晃了很长时间，好在屋子没倒。

后来听说这是五级地震，庄上外包皮的屋子（注：里边是土坯，外面是砖的房子）倒的多，跟前砸死一匹马四个人。

有个王家丈夫聋，地震的时候媳妇跑出来，看丈夫没出来，回去找。屋子倒了，媳妇砸死在里面，丈夫没事。

启明家大屋都没事，歪了一间小屋，屋里有一缸咸菜，两坛酒三百多斤，都毁了。家里有个二门子（注：有钱人家的第二道门，一般是木头柱子，瓦顶，远看像凉亭），爷爷这天从外面回来，刚迈过二门子，二门子就倒了，差点儿没砸着爷爷。

太阳照到树梢上的时候，大娘生了个小孩，取名广动，是启明的堂弟。现在，广动也七十九岁了。

那时候，大伙儿不知道地震是咋回事，说啥的都有。有的说这是鳌鱼翻身，有的说这是王祥卧鱼弄的，有的说是姜子牙钓鱼如意上钩。

地震以后，爷爷怕再震，天天夜里跟启明去车屋里睡。车屋不高，专门放车。家里的大车，有四个木头轱辘，轱辘外面包一圈铁，送粪，拉庄稼，走亲戚，娶媳妇，都用它。车厢平，正好能平躺两个人。有一回，夜里下雨，雨没到车厢底就停了。爷爷说，这叫太平车。

阴历七月，王集来了瘟疫。不少人发疟子，说冷冷得打哆嗦，说热热得受不了，过去这阵子跟好人似的。这场瘟疫没少死人。

日本人到山东以后，爹参加十九军。

时间不长，十九军让日本人打散。

腊月二十几，爹回到家，穿女人的大襟棉袄，灰头土脸，破破烂烂。

一九三八年，日本人到王集扫荡，王集人都往外跑。有条河上架座独木桥，一个个都跑过去。

听说日本人走了，王集的人回家，走到河边，谁也不敢过独木桥，都转到别的桥回家。

启明在赵堂上学，学校老师有共产党、国民党，还有是国民党三青团的。日本人让学校开日语课，老师在日语课上给他们讲《孟子》。老师和学生分好几伙，有人想拉他入伙，别的同学说："他太小了。"他哪伙儿也没入。这些老师，后来有当八路军的，有当国民党乡长的，还有当汉奸的。

一九四二年，启明初小快毕业了，赶上霍乱，上吐下泻，一个庄上死了十几个人。也不知道谁的主意，让在鸡蛋上写两个字，一面是"赶"，一面是"趁"，都是撵走的意思。用红线把鸡蛋缠上，外面包上纸放在水里湿一下，再放大锅底下用火埋上，烧熟了吃，说是管用。启明吃了烧鸡蛋，慢慢好了；别人也有吃好的，也有白吃的。

国民党和八路军拉锯的时候，国民党在城里，共产党在城外。启明给八路军抬梯子，两人一个。该吃饭了，他跟在家里一样吃饭，跟他一块抬梯子的人说："枪子不长眼，说没命就没命了，你还能吃下去饭？"

启明说："我饿，饿就吃呗。"

吃饱饭，启明还抬梯子。头天晚上叫去的，第二天太阳落山叫回家了。

奶奶去世几年以后，爷爷后续了奶奶，这个奶奶比启明大十二岁，是一位善良的村姑，比爹娘都小。爷爷雇个人蒸酒，米酒、黍子酒都弄过，赔钱，那两年家里卖了不少地。

启明七八岁的时候，家里还有百十亩地，王家分家，爷爷留了七十多亩。土改的时候划成分，爷俩一个富农，一个中农。爹在王集种了一辈子地。

一九五〇年，启明考进平原干部学校，毕业后先分到单县湖西银行，后来调到巨野，在县医药公司工作到退休。

明朝成化二年，王家祖上从山西迁民过来，在菏泽落脚。

那地方原来叫杨集，有口杨家井。以后王家人多，建村的时候叫王集。他们这支子人丁旺，启明爷爷那辈哥五个，爹这支还是哥五个，他这支哥俩。后来孔家、刘家、邵家人都不少，王集改叫孔楼了。

"姚半城"

巨野有好几个姚楼和姚庄：南姚楼，东北姚楼，葡萄架姚楼，大义奚阁姚楼，城北大姚庄，牌坊姚庄。城角姚楼在巨野城东南，离县城二里半地，那里出了不少当官的。

以前，巨野有个顺口溜：

> 堌堆庙两头尖，
>
> 往前走走是东关；
>
> 东关好宰羊，
>
> 往前再走万家堂；
>
> 万家堂好剥牛，
>
> 往前再走姚家楼；
>
> 姚家楼顶子多，
>
> 往前再走粪箕子窝。

清朝官帽上都有个大顶子，姚楼顶子多到啥程度？光是七品以上大印，城角姚楼有三十二块。明清时候，姚家当过七品以上官的有一百多位，文官当过翰林，武将当过统领。

　　过了城角姚楼，前面就是种地的人家。种地的人家，哪家都有几个粪箕子。人们扛粪箕子出去，看见粪捡粪，看见柴火捡柴火，很少扛着空粪箕子回家的。南乡庄里，编粪箕子卖的人家也多。

　　姚家始祖叫姚清。元末明初，巨野遭水灾，水好几丈深，没剩啥人，官府从外省迁民，迁民多数是山西洪洞人。姚清从河南陕州迁来，他挑着挑子，先在老庄落脚，老庄那时候四外长茅草，兔子不拉屎。

　　姚清有个手艺，他会铜盆铜碗铜大缸。干这行的，在俺那儿叫小咕噜子。冬天没农活儿了，他挑起小咕噜挑子往南走，就串南边几个庄，一天来回两趟。走得时间长了，茅草棵里走出一条小道，明晃晃的。

　　这天，吃完早饭，姚清挑着挑子出门，在小道上踢到个东西，低头一看，是个红绸子布包。他想：里边准是值钱东西，丢东西的准着急。那天，他哪儿都没去，就在小道上等。

　　眼瞅着太阳要落山了，来了一个老头，一边走道，一边东瞅西看。

　　姚清问："你找啥？"

　　来人说："俺找包。"

　　姚清把红包从怀里掏出来："是这个吧？"来人说："是。"

姚清把红包还给人家："你咋才来呀？俺在这儿等你一天了。"

来人说："一看你就是个忠厚人。俺是看风水的，没啥送你，帮你看个坟茔地吧。"他四下看了看，"等你百年之后，拾红包的地方，就是你的座位，千万记着。"

老头说完走了，姚清在这个地方做了记号。

儿子从义、从善长大以后，姚清跟他们说了这个事："等爹死后，就把爹埋到那里。"

孩子们问："爹，那个红包里包的啥东西？"

姚清说："不知道。哪能随便看人家的东西？"

这块地在城南老庄南边，是傅家的地，傅家和姚家是表亲。姚清跟傅家说了这事，傅家表弟说："咱家地多，这块地就送给你吧。"

姚清死后，孩子们把他埋在拾红绸子布包的地方，从那以后，姚家人旺家起。

这是姚家祖辈留下的传说。也有人问，这是真的吗？传说传说，越传越多；是真是假，谁也不知道。

从善当兵，在河北任丘落脚。城角姚家都是从义的后人。

姚家第三世有景方、景原，他俩各生三子。长支遇、恭、赐，是前门三支；二支让、泰、文，是后门三支。各支都人丁兴旺。姚家重耕读，从四世祖恭爷当河南获嘉县令，后辈当官的越来越多。

人口多了，姚家在祖林南边盖起房子，越盖越多。那地方

城角姚楼姚氏先茔。姚继平摄。

后来叫姚楼，现在叫城角姚楼。

姚家做官的越来越多，姚家祖林越建越好，占了一顷多地。有个石马林，石碑很多，还有石头供桌、石凳，两个石马，两个石虎，两个石羊，光这些东西就占了二亩多地。

姚楼这边还有"旗杆家子"。这支子人里出了大官，有了功名，皇帝赐了一块匾。他们盖起瓦门楼子，把皇帝赐的匾挂到门楼上，光门枕就半米高。他们还把旗杆立在家庙外面，旗杆座个头大，用四块大石头砌的。

上边还赐给姚家上马台和下马台。那两块石头往那儿一搁不要紧，到了这地方，文官下轿，武官下马，你得规规矩矩往姚家走。

姚家十四世里有个姚学瑛，十四岁到顺义县当知县。他们哥七个，他排行老五，长得黑，外号"五黑子"。

老百姓打官司到了县衙，姚学瑛上堂问案，两家各说各的理，他也问不明白，咋办？打，各打五十大板。

很快，老百姓编出来顺口溜："五黑子有黑红棍，光会打，不会问。"

他父亲姚照远是贵州贵西兵备道，不放心儿子，偷着过去私访，听到这些事，让他回去上学，学了两年。两年后再做县官，他会问案了。

问案之前，先下去调查，弄明白咋回事了，再上堂问案。自那以后，老百姓说他是"姚青天"。

姚学瑛当的最大官是山西巡抚。他跟和珅走得很近，是师生关系，和珅出事了，他受到牵连，逃到太行山，对外说他坠金死了。

上边来人到了姚楼，让马在姚家宅院跑了一圈，圈里面的东西充公，成了官宅，姚楼有了"南官宅"。

姚学瑛逃到河南辉县上八里西门店，以前那里乱，官司多。他去以后，很多事从中说和，大事化小，小事化了，老百姓就不打官司了。

县官到那里私访后，给这个地方封了个名，叫和事庵。辉县现在有姚姓两千多人，都是姚学瑛的后代，那支子人过得很好。

姚家十六世里有个奶奶，是前门三支四世祖赐爷的后人，

2014年9月，姜淑梅（左）在巨野"上货"。中为《根在山西》的故事提供者王启明，右为《"姚半城"》的故事提供者之一姚树正。艾苓摄。

丈夫叫体珩，后辈都叫她体珩奶奶。体珩奶奶长得好，是郓城县王老虎刘门大户人家的闺女，不光治家有方，还会做买卖，她和体珩爷爷在巨野县开酱菜厂、制香厂，还开了一个杂货铺。她在世的时候没少置过户（注：财产），在巨野置了四处宅子，在姚楼盖了楼院一座、四合院一处。

来了要饭的，体珩奶奶不光送给人家吃的，看见衣裳坏了，她拿针线给人家缝补上。要是衣裳没法缝了，她就送给人家一件。

过去讲：人活七十古来稀，哪有几个庆八十。体珩奶奶一八〇八年生，一八九五年走，活了八十七岁，见了五辈子人。她的五辈孙子叫念集，还跟她坐轿车子回过娘家哩。

体珩奶奶有四个儿子，到了孙子辈有八支子人，加上重孙子辈、太孙子辈，老老少少五六十口。

有一天吃完早饭，体珩奶奶大声说："今天都别出去了，你们都在家守着。"

晚辈不知道咋回事，也不敢问，都在家守着。

她跟媳妇说："你们给俺梳头吧。"

梳好头，她说："再给俺洗洗脚。"

洗完脚，她说："把送老衣拿出来，给俺穿上。"

一个媳妇想说啥，喊了一声娘，不敢说了。

体珩奶奶说："听俺的，给俺穿上。"

衣裳穿好了，靴子也穿上了，她照了照镜子，整了整头发，跟儿子说："你们把灵床搭好。"

一个儿子想说啥，喊了一声娘，也不敢说。

体珩奶奶说："听俺的。"

灵床搭好了，她说："扶俺上去。"

上了灵床，躺好，她闭上眼睛说："你们都哭吧。"

媳妇过来摸摸，老人家没气了，安安稳稳走了。

清朝的时候，巨野县姚姓人多，有当官的，有做买卖的，姚家宅子占了多半个城，人说"姚半城"。巨野人还编了个顺口溜："姚难惹，魏难缠，得罪郭家骂半年。"姚家当官的多，魏家专门给人写状纸，郭家在衙门里当差，遇到这三大姓都得小心点儿。哪个县官到了巨野，都要先到城角姚楼拜访。

光绪年间，南姚楼的姚舒密在朝廷做翰林，给皇帝当过老师，他跟城角姚家是同根同族。

有一回，姚舒密回到巨野，巨野县官请姚舒密赴宴，也请了城角姚楼的知名人士——这个哥哥穿一身布衣。

县官留出主位，请姚舒密坐上首，姚舒密说："本家大哥在此，舒密怎敢上坐？我得坐下首。"

县衙的人看见姚舒密坐下首，不知道咋回事，县官说："你看见了吧？这就是城角姚家。"

从那以后，县衙里的人对城角姚家更恭敬了。

姚家二十一世出了个不务正业的大少爷，他十六岁结婚，十七岁当爹。他爹去世以后，这位大少爷当家。

那时候，巨野是日本人的天下，大少爷在城里管酱菜园，进城得拿"良民证"，看见日本人得鞠躬。这个大少爷爱摆谱，一步不想走，出门就骑驴。他给驴脖子上挂一串铃铛，一走路就叮当叮当响，神气得很。他下馆子带着狗，先买馍喂狗，喂好狗，自己再点菜吃饭。

酱菜园挣的钱不够他花，哪年他都卖地。

有一回，他让胡子绑走，胡子管姚家要钱，那些钱得卖四十亩地。

人命关天，舍不得也得卖。

姚家的地还没卖出去，他从胡子那里就偷跑回来了。

挣的钱不够花，他还回家偷粮食。他哄二妹帮他撑口袋，说："你帮俺，俺进城给你买稀罕东西。"

二妹问："啥东西？"

他说："洋袜子。"

那时候，人人都没啥稀罕东西，机器织的高装袜子，就是稀罕东西了。

他偷走三布袋粮食，一双袜子也没买回来。

大少爷这么一折腾，土改的时候，姚家这支子人就剩六十多亩地了，划的成分是中农。

姚家的石马林三次被盗，五十年代盗两回，八十年代盗一回，石碑啥的都给拉走了，就剩两个石马。头一回，姚鸣庭的坟子给挖开，不知道偷走了啥。一大早，姚家人到祖林上看，一床红绸被子扔在外面，红绸子跟新的一样。还有两条蛇，一青一红，让人给杀了，扔在坟子外边。往坟里看，棺里有水，明晃晃的。

八十年代那回，石马林让人大揭盖了。

五年前，石马林上的石马让人拉跑一个，剩下的这个埋在地下，光露个马头。

姚楼这边的下马台也让人偷走，剩下的上马台放到家门口，四外用水泥固定住。

现在，姚家祖林是巨野县的文物保护单位。

"破四旧"的时候，姚家好些东西给毁了，姚家家庙也毁了。二〇〇九年冬天，姚氏宗祠在姚楼南边建好。

清朝的时候，姚家就编了四本《姚氏家乘》，这几年又编了第五本和第六本。

现如今，姚家后人天南地北都有，体珩奶奶的六代孙姚西凯，在台湾当过空军少将哩。

摔烂的罐子

从前，黄河经常开口子。一场黄河水过去，水流紧的地方留下淤地，水流慢的地方留下沙地，这就是"紧淤慢沙"。沙土地都高，雨再大也不淹，四下水都往洼地淌。

巨野城西南有个大洼，南北有四十多里长，东西有十几里宽，在洙水河两边。这地不用上粪，四月能收一茬好麦子，再种啥就不保准了，十年九不收。到了秋天，一眼看不见边的水，有很多水鸟在大洼里飞。小孩子们都唱："天没边，地没沿，和尚没有头发辫。"

大洼的地，随便种，谁种谁收。

外面逃荒要饭的来了，有人劝他们："别走了，在大洼种点儿地吧。"这样一来，大洼跟前的几个庄百时屯、董官屯、孙官屯的姓氏都杂。

乔家祖上在定陶县西八里乔楼，十四世里有一个生意人，他去西北壶北口做皮货生意，发了财。他看大洼这儿地多，就

乔氏十六世祖致堂公画像

十六世祖乔致堂，继承祖业后，弃商从农，另创基业。乔念田提供。

在孙官屯买了几十亩地，乾隆年间迁到那里安了家。

十六世乔家当家的叫乔致堂，他是孙官屯的会长，领头修了孙官屯的白娘娘庙。庙里的泥像年头多了，不像样。把庙修好了，他又请人重塑神像，塑得和以前的神像一模一样。

一到春天，青黄不接的时候，他就在庙上支起一口大锅煮粥，穷人家和要饭的，都拿着自己的碗去喝粥。

那时候种的地离家都远，出去干活儿，得有人专门往地里送饭。那回，乔家十九世乔方兴跟他爹去北地砍高粱，砍到中午，爹说："你回家吃饭吧，吃完饭，给俺捎点来，俺不用来回走了。"

方兴跑回家吃完饭，提了一个四鼻罐子给爹带饭。罐子里有两碗黑糊涂，是高粱面做的，糊涂里放了点儿黄豆粒。罐子口上是碗，碗里是菜。俺老家都吃蒸菜，和窝窝一锅蒸出来，上面用盘子盖上。盘子上面是白地蓝花手巾包的窝窝，俺那儿管它叫宁窝窝。先和一块白面，放面板上擀成个饼，再和一块黑面，黑面是高粱和黄豆磨的。把黑面放白面上擀，擀平了，放上葱花、油盐，卷上，揪成一块一块的，做成窝窝。这样送饭，啥都不凉。这样的饭菜，在那时是最好的饭菜了。

走到半路，遇上一个过路的老头，头发乱蓬蓬的，像个要饭的。他问方兴："你罐子里是啥？"

方兴说："俺给俺爹送饭去，俺爹还没吃饭哩。"

老头问："俺饿一天了，你把饭给俺吃，中不中？"

方兴看他年纪不小了，说："中。"

老头揭开罐子就吃，两个窝窝和碗里的菜吃得一点儿不剩，两碗糊涂也都给他喝了。

想着爹挨饿哩，方兴不大高兴。

吃完饭，老头把四鼻罐子往外撇，罐子飞出去，摔烂了。

方兴生气了，说："俺好心好意给你吃喝，你吃饱饭，咋还把俺罐子摔了？"

老头说："此地风水好。"

方兴不明白他说啥，心想一个要饭的懂啥。

老头说："实话告诉你，俺是看风水的。你这罐子饭俺没白吃，罐子落地的地方，你们把这里当祖林吧。"说完，老头走了。

方兴半信半疑，跟爹说了，爹说："咱听人家的。"

爹死以后，埋在那里。

那时候有了病，没啥好药，屯子里经常死人。四十年里，乔家没添坟子，也没有伤人，以后乔家就把那里当老林了。

方兴添了五子二女，后代一百四十多口，各行各业的人才都有。

方兴是念田的爷爷，忠厚老实，上学上到三十多岁，没考上秀才，在庄上是个能读《三国》看《西游》的文化人。他不大会干农活儿，家里就一具牲口，常在外面拴着。到了用牲口的时候，爷爷看不见牲口就四下找。

邻居说："别找了，喂牲口的时候，牲口就回来了。"

到了喂牲口的时候，牲口和车都拴在外面。从那知道，是本姓的穷人家借去用了，用了也没事。

念田的父亲乔元祥是乔家二十世，兄弟五个，姊妹两个。元祥在比干庙完小上学，和张铁夫是同班同学。完小毕业的时候，张铁夫说："咱到南边转转去，一起做点儿啥事。"

孩提时代的乔念田与父亲乔元祥（中）、母亲王氏（左）、爷爷乔方兴（右）合影。1941年摄于菏泽一家照相馆。

元祥身体不好，没跟着出去。毕业以后，他教过抗日小学。

一九四八年，他在大义小学教书，张铁夫已经是共产党的大官，夫妻俩回巨野，骑着大马去大义看过他。

一九五七年，上边让"大鸣大放"，多给领导提意见。乔元祥说，屯子里有的人家吃不饱。他被打成右派，说他反对国家的粮食政策。

那些年，他没少挨斗。让他教课，他好好上课。不让他上课，他给大队种菜，拾粪也不要工分。

一九七八年以后，上边说他是错划的右派，给他平反了。

元祥在大义工作几十年，教学认真，爱看诗文，人称"乔老夫子"。他后来身体不好，离休回家。

二〇〇一年正月初四，是元祥八十六岁生日，儿女带着孩子来祝寿，几十口人热热闹闹吃过饭，他还帮着拾掇拾掇盘子。孩子都走了，他出去看了会儿纸牌，晚上看完《新闻联播》，又看了会儿书，夜里十点睡下。

第二天早上，老伴喊了三遍，他没起来。到跟前一看，没气了。孩子们接到电话，从四下里回家，看见老人躺在他的床上，脸色红润，神态安详。

孙媳妇秀芳听说三爷爷老了，慌慌张张跑来，她说："夜里梦见两个阴人，抬着小轿往西边来了，想着谁家要走人，没想到把三爷爷请走了。"

邻居都说，这叫寿终正寝，是他老人家修来的福。

开追悼会那天，来了很多人，学生送来花圈，挽联上写着："教书育人数十年，德高望重美名传。"

1994年乔元祥八十大寿时与妻子儿女合影。前排坐者为
妻子王氏（左）、乔元祥（右）。前排站立者，右一为小女
儿乔春兰，左一为长女乔桂兰；后排站立者，从右到左依次
是长子乔念田、次子乔念诗、三子乔念科、四子乔念举。

从十五世到二十三世，乔氏家族人丁兴旺，五世同堂，
枝繁叶茂，子孙后代达一百四十余人，其中不乏教师、工程师。
摄于1994年春节。

爹走了，娘咋办？儿女商量好，跟谁过都行，娘想跟谁跟谁。

念田问娘："你想跟谁过？"

娘说："俺谁都不跟。俺还在这个家待着，自己过。"

儿女怕娘孤单，六个人轮班回来陪娘，照顾娘，一个人陪十天。

娘活到九十六岁。最后那年，轮到念田陪娘，他到董官屯会上买了几个糖糕，娘爱吃这个。娘吃了糖糕，第二天吃不下饭，第三天还没事，第四天走了。

出殡那天，阴历六月二十七，天热，孝子们白衣全湿。下午一点多，黑云从西北过来，紧接着电闪雷鸣，一场大雨马上就到。天气好孬，都得按时出丧，棺材从丧室抬出去，祭奠开始。

一阵风过来，黑云没影了，温度降下来，老娘平安下葬。

念田是二十一世乔家老大，比俺小两岁。

他小时候，八路军住孙官屯，中央军住董官屯。只要一听见枪响，他就知道是中央军来了，他把鸡抓住装篮子里，赶紧往外跑。跑到地里先挖个坑，把篮子放到坑里，上面用小树枝子蓬上。

啥时候中央军走了，他再把鸡拐回家。

念田上学以后当班长，一九五九年考上单县师范，还当班长。那时候，学校一个月给两块钱助学金，七块五生活费，二十七斤粮票，吃不饱，但比老百姓强多了。

学校放寒假，他跟同学边说边笑，贪黑往家走，路上让东

乔念田、高素兰夫妇金婚（1962—2012）合影。
摄于 2012 年 11 月。

西绊倒了。

大黑天的，路上能有啥东西？一摸，是个人；再摸，身子冰凉，鼻孔没气，是个死人。

他吓坏了，再走路，加小心了。

另一个同学，也让死人绊倒，同学都不说笑了。

政治课上，老师总说国家形势一片大好，绊了两个跟头，他们这一学期的政治课都白上了。

一九六〇年寒假，念田往家走，走饿了，到冒烟的生产队食堂要点儿地瓜萝卜吃。开学了，又是一路要饭走回学校。

一九六二年，念田中专毕业，毕业后登记结婚了。媳妇是同班同学高素兰，娘家是成武的。毕业离校，他跟媳妇去岳母家。新姑爷进门，岳母做了那个年头最好的饭——没掺糠菜的黑锅饼。

临走，岳母给他装了六个小锅饼，叫他路上吃。肚子空，没走出五里地，六个小锅饼他都吃了。

上班以后，他好好工作。一要提拔他，先查出身；一查出身，就不提拔了。父亲是右派，姥爷是地主，还提拔啥呀？

二十多年后，父亲平反，不讲成分了，他才不受影响，调到县教育局工作，还入了党。

现在，他早退休了，身体好，腰板直，走路快，咋看都不像七十多岁的人。

找哥哥

以前，黄河经常开口子。

山东有户人家，男人死了，撇下仨孩子，儿子十四岁，大闺女四岁，小闺女两岁。

丈夫死了，小脚女人愁了一身病。

丈夫死了不到仨月，屯子里有人喊："快逃吧，黄河开口子了！"

小脚女人开门出去，看见人家都往外逃哩。她跟儿子说："儿呀，你用石头把俺的衣裳压住，回来就能找着娘了。"

儿子搬来石头，把娘身上穿的衣服压住。

娘跟儿子说："黄水子快到了，你抱着小妹领着大妹，快快逃走吧。"

"娘，你呢？"

"你快走，走得晚了，都活不成了！"

哥哥抱着一个，领着一个，跟着这庄的人往外逃。

黄水子过来了，越走水越深，哥哥抱着小妹，拉着大妹。眼看救不了两个，只能救一个，他撒开小妹，背上大妹，浮着水跟着人家来到没水的地方。

哥哥领着妹妹天天要饭，有时候能吃饱，有时候吃不饱。

他跟妹妹说："跟着俺受罪，哥对不住你。遇上好人家，你就能吃饱饭了。"

走到巨野大李庄，哥哥到一户人家要饭，知道这家无儿无女，两口子不生小孩。他把妹妹送给这家，走了。

这户人家把要来的闺女当宝贝，孩子在这家没受过一点儿委屈，可她越长大越想家。

她看见爹死了，娘淹没淹死她不知道，她总想娘，想哥哥，想那个水淹的家。

养父母知道闺女的心事，也想让她回家看看，找娘找哥哥。黄河开口子那年，闺女虚岁才四岁，她不记得她是哪个县哪个庄的，养父母也没问闺女的哥哥。想找，没处找。

闺女大了，李家给闺女找了婆家。

婆家姓张，在龙堌，地多，有钱，闺女婿是读书人，门当户对，娘家没少陪送。

结婚以后，日子过得很好。她大高个，小脚，模样中等，聪明善良，会说话，张家都喜欢这个媳妇。

后来，这媳妇跟邻居拉起家常，说："俺不记得俺家啥县啥庄了，俺哥哥他知道。他把俺送给李家，李家的房子、院子和大门在大李庄是最好的，哥哥能记住呀，他咋一趟也没来看看俺呀？这些年，俺总想哥哥，总想娘。"

过了些天，家里来了个男人，进门就说："妹妹，俺是你哥。黄水子下去以后，俺回家把咱娘埋了。多亏咱娘叫俺用石头压住她衣裳，没叫黄水冲走。当初离开家，还有小妹妹，俺实在救不了你们俩，俺一松手，小妹妹就淹死了。"

说到这儿，男人哭了。

媳妇一听，他说得对，真是哥。

她问男人："你叫啥？"

男人说："俺叫大孩。"

媳妇说："不对，俺哥叫方。"又问，"俺叫啥？"

"你叫小花。"

"不对，俺叫平平。俺问你，咱家几间房？是啥房？"

"两间砖房。"

"不对。俺家三间土平房，趴趴着。俺要有两间砖房，俺上房顶，不用逃荒了，俺娘也淹不死。你走吧，你不是俺哥。"

这个小时候叫平平的媳妇，是俺婆婆的娘家奶奶。到了八十岁，她就潮了（注：傻了），用现在的话说，就是老年痴呆。

看见儿子、孙子，她叫哥哥；看见儿媳妇、孙媳妇，她喊娘，还说："俺也有娘，娘，娘，娘。"

这是婆婆学给俺听的。

开明地主开明在哪儿

俺在巨野遇到个大姐，叫田宾茹，八十四岁，她给俺讲了田家的故事。

田家在金乡县田楼，有十二顷地，家里三十多口人，有三个长工，三个做饭的，三个奶妈子。

爷爷在单县做生意，爹在南京上大学，二叔在济南的师范学校上学，管家管事，奶奶当家。

有一回，爷爷从单县回来，带回不少橘子香蕉，她拿过来就咬，还不会吃哩。

爹常年在外，写信就说：别给闺女裹脚，让她们上学。田家姐妹都没裹脚，大姐今年八十九岁，没沾过裹脚布。

宾茹上过几天学，回来以后家里不供饭，奶奶说："学校里男女混杂，别去了。"

她再没敢去。

时间不长，家里给她定了亲，男方九岁，她十二岁。

爹出过国，是留洋生。留洋回来，他去了四川，在白市驿工作，是国民党的官，俘虏后成了共产党的人。

爹给家里来信，让爷爷把地捐出去，房子和车马分给穷人，长工、做饭的和奶妈子给钱打发了，开仓放粮。

爷爷听爹的。

土地改革的时候，家里没剩啥了，划的成分是开明地主。庄里成立钢枪班，光有人没有枪。田家出钱，给钢枪班买了二十支快枪，还给钢枪班做了二十套紫花粗布的洋服。原来看家用的二八盒子枪，送给农民会会长。

爹在外面工作，六年没回家。后来病重，回家了，得的是肺病。两年以后，爹去世了，才三十八岁。那年，大哥十八岁，大姐二十一，她十六，下面还有四个弟妹。

宾茹上过扫盲班，"宾茹"这个大号就是扫盲班老师给起的。她当过两年姊妹团团长，领着一帮姊妹斗坏人，动员妇女剪发、放脚。她还记得那些劝妇女剪发的歌，唱："不用梳来不用扎，没有一根乱头发。"劝妇女放脚，唱："小妹七八岁，裹上两只脚，不敢走不敢挪，疼得浑身打哆嗦。"

当姊妹团团长，农民会每月给十六块钱。

到了十八岁，爷爷不让出去了，说："你是有婆家的人，婆家知道你疯疯癫癫，多不好呀。"

田家是开明地主，一直受人尊敬。

爷爷春天去世，用的是楠木内棺、柏木套棺，扎纸匠扎了一个月，摆了满满登登一场院。扎的马有牵马童，扎的轿有八

2015 年 1 月，姜淑梅在巨野"上货"，右一为田宾茹。艾苓摄。

个抬轿的轿夫；扎的船，有撑船的；扎的大院楼房，有后花园。
童男童女，金山银山，就不用说了。

那时候圆佑（注：祷告）亡人有套话："旱路骑马坐轿，
水路坐船，别忘了你的手提金银箱，叫佣人拿好。"

爷爷出殡那天人山人海，林地上栽了很多松树和柏树。

登记的时候，宾茹二十一岁，扫盲班老师陪着去的。那时候，
高来宗十八岁，巨野师范毕业，在巨野县营利乡教书。

老师看高来宗个头高，白白净净，小声说："人家长得好，
比你小，还有工作，不一定愿意。"

结婚以后，宾茹提起这话，来宗说："亲戚托亲戚做的亲，
我哪敢不愿意？"

他还说："两个人和气，生的孩子聪明。"

宾茹没干过地里活儿，第一次到生产队割麦子，割得麦茬高。

人家跟她说："你坐坐镰。"

宾茹把镰放在地上，一屁股坐上去，大家哈哈笑，她还不知道他们笑啥。

有人告诉她："不是这样坐镰，是叫你下点儿腰，把镰刀往下坐，麦茬别这么高。"

她这才知道坐镰是咋回事。

生产队知道她不会干活儿，经常让她干别的。要是外面来参观，让她在地头领着唱歌，念念语录啥的。

夫妻俩一辈子没生过气，四个孩子个个聪明。儿女孝顺，晚辈出息，孙子辈里有八个大学生。

十年前，来宗七十一岁去世。这十年，宾茹做饭从没少过来宗的，还是你一碗我一碗，一个人坐一边。她没有一天不掉泪，总是想："你要是活着，该多好。"

前八顷，后八顷

以前，王庄有两个地多的人家，李家有八顷地，在庄前；张家不到八顷地，在庄后。王庄人管李家叫"前八顷"，管张家叫"后八顷"。

李家当家的叫李康，儿子叫李风，孙子叫李龙。李龙傻，不会走路，不会说话，李家雇一个人用木轱辘车子推着他，伺候他。

李龙十八岁的时候，家里给他娶了个漂亮媳妇，一个穷家女，用粮食换来的。李龙结婚以后，白天家里雇人伺候，夜里媳妇伺候。

结婚十五年，李龙三十三岁有病死了，没有儿女，他媳妇三十岁。虽说结婚十五年，她是公认的大闺女，在李家守寡。

李康老了，李风管这个家，雇四个长工，忙得很了，再雇短工。

李风有四个闺女，为陪送闺女，卖了不少好地。大闺女傻，怕大闺女过门以后受气，李风给婆家四十八亩好地，还陪送不少东西。他喜欢三闺女，李家两个院，给了三闺女一个。

俺那里，没儿子不行。自己没儿子，兄弟家儿子多，得选一个过继来，为自己养老送终，赒受家产。李风从哥家过继了一个儿子，名叫李臣，聪明听话。那时候，李风有一顷多地，一个院子，还有牛马车辆。

李风七十多岁死了。

那时候，有钱的都扎纸罩子，出殡的时候放在棺材上。李风的罩子跟别人不一样，用木头做个架，外面用绸子布糊上。扎的童男童女，都穿绸子衣服。还用纸扎了红马、摇钱树、轿车子、院子，很多。棺材是最好的松柏木。李风的尸体，先用白布缠上，再用桐油刷好，放在棺材里。

出殡那天，看热闹的把罩子上的绸子布都拽走了。

李风死了，李风媳妇和儿媳妇当家。

过了几年，李风媳妇死了，也是用好棺材装上，在家放了一个月，扎纸匠在这个家扎了一个月，才出殡。

李风媳妇死后，李风的儿媳妇当家，就是傻子李龙的媳妇，那个少奶奶。

过了很多年，李龙媳妇死了，过继来的李臣才当家。

没过几天，土地改革，给李臣划的成分是地主。地给分了，房子给分了，三天两头挨斗。

后八顷张家，张轩就哥一个，他叔没儿子。长大以后，张轩娶了两个媳妇，叔给他娶一房，爹给他娶一房，这叫"一支两不绝"。这两房都有后，叔这房的儿子比爹这房的儿子大一岁。

两房的儿子长大成人，赶上土地改革，家里成分都是地主，说不上媳妇。

在家说不上媳妇，叔这房的儿子下山西，倒插门给人家当女婿了。过了几年，他死了，撇下一儿一女。

爹这房的儿子叫保水，他去过山西，山西嫂子也见过。过了些天，山西嫂子来信问："保水结婚没？"

家里回信说："成分不好，没结婚。"

那时候，保水已经二十多岁了。

山西那边来信问："愿不愿意跟嫂过，帮着拉巴哥的孩子？"

保水同意了，跟嫂子过了一辈子。

破四旧的时候，王庄把李康、李风的坟都挖开了。

挖坟的时候，不叫老百姓靠前，谁也不知道挖出来啥。

光听说李风的被子、衣裳还新着哩，一见风就不行了。李风的棺材板好，他们把李风倒出来，用棺材板给小学校打桌子。

桌子做好以后，学生不能用。听说谁用这桌子谁不舒服，还有的浑身难受，趴在桌子上哭。

（注：文中地点、人物均为化名。）

仇家住在一个院

山东巨野龙堌集，是俺婆婆的娘家。婆婆有两个叔伯大爷，哥俩不到一顷地，过得富有，老大说话不好听。

从前，俺那儿割麦子，头前割麦子，后边就有穷人跟在屁股后拾。有的人拾得多，就多拿些回去，有的人连拾带偷。

老大看见生气，用马鞭往外赶："你们都出去！不出去，俺用鞭子抽你们，让你们在屁股后面捡屁吃！"

土地改革的时候，农民会分了他的房子和地。会长姓连，分完他的房子，连会长搬到他的房子里。谁分了他家啥东西，哪怕是分了他几个碗，他都记好账，想日后要回来。

斗他的时候，农民会的人问他："你家的金子、银子、银圆都藏哪里了？"

他说："没有。"

再打，也是说没有。

他还跟人家说："太阳不能总是正晌午，你们就不怕兴俺的时候俺报仇啊？"

他总说孬话，说反动话，农民会的人都同意枪毙他，就枪毙了。

过了些日子，国民党的中央军打过来。

那时候，俺姥爷公公他们都住一个院里，走一个大门。这院里住了中央军，姥爷公公找到侄媳妇任氏，跟她说："现在不报仇，啥时候给你公公报仇呀？"

任氏一听，对呀，就跟中央军举报连会长。

中央军把连会长拉出去审问："谁是妇女会会长？"

连会长说："俺这儿没有妇女会，也没有妇女会会长。"

中央军把他拉出去，枪毙了。

连会长的娘就这一个儿子，儿子死了，儿媳妇改嫁了，一个小脚老太太领着孙子过，总哭。

这是拉锯的时候。过了几天，八路军打过来，他们把任氏抓起来。

女人不抗打，一打就说实话了，她说是俺姥爷公公让她这么干的，八路军把他俩送到县监狱。俺姥爷公公在监狱里待了几个月，死了。

任氏不在家，她这个家也没法过了，三个孩子小，最大的六岁，小的两岁，刚断奶。任氏的丈夫是个独生子，从小娇生惯养，一点儿本事没有，就会领着三个孩子哭。

都在一个院里住，任氏的叔公看不下去了，想替任氏偿命，叫她回来照顾孩子。

叔公去跟农民会说："不是任氏举报会长，是俺举报的。"

农民会把他送到县监狱，打算一块枪毙他俩。

到了枪毙的时候，任氏说她怀孕了。

人家一检查，是怀孕了，不能枪毙，光把她叔公枪毙了。

过了几个月，任氏生了个女孩，生下来就送人了。

这个任氏小脚，长得漂亮，能说会道。她生完孩子，本来还要枪毙她，可她会干活儿，会办事，就减刑了。

任氏没上过学，为了解愁闷，在监狱里用木棍在地上学写字。三年后，任氏能在监狱里教学了，天天给犯人上课。上面又罚她几年劳役，后来就刑满释放了。

回到家，孩子都不认识她了。

当初，连会长死了，撇下一老一小，村子里都到大井上挑水吃，娘儿俩吃水成了难事。

叔公被枪毙的时候，他家四个孩子就一个结婚了。婶婆时氏没拿连会长他娘当仇人，让儿子给他家挑水，还说："有干不动的活儿，叫俺儿帮你们干。"

这两家一直住在一个院里，婶婆做了好吃的，往会长家里送；这娘儿俩做了好吃的，也给婶婆送。

地主的儿孙

张洪起是俺堂叔伯舅公，家在巨野县龙堌集。

一九五八年，龙堌集都吃大锅饭，家家都去大食堂打饭，舅公家是地主，没他家的份。

他看人家都能吃上饭，自己全家老小饿着，不服气，去食堂抢饭，让人家当场抓住，用绳子绑上，送到巨野监狱。

审他的好像是个当官的，说话挺和气，让他交代问题。

他说："俺爹是地主，让你们枪毙了。俺没享着地主的福，也落个地主成分。现在吃大锅饭，他们说俺家是地主，不给俺家饭吃，俺家老小六口人，饿好几个月了。俺家二妮儿眼看要饿死，送给人家，逃命了。俺就一个儿子，才十三，饿得跑出去半个月了，一点儿信都没有。俺想咋死都是死，不抢也得饿死，要是抢到吃的给俺娘，娘还能活几年。"

听他说完，当官的叫他走，赶快回家。

舅公说："俺不走，监狱有饭吃，在这儿住着多好呀。你叫俺干啥都行，叫俺在这儿长远住下吧。"

当官的问："在这儿住着，你就不想家里人？"

"想。这些天俺不在家，俺娘她们都得饿死了。"

当官的说："叫你走，你就快走，别叫你家的人真饿死了。"

离开监狱的时候，人家特意给写了封信，舅公把这封信交给生产队，他们全家也能到大食堂吃饭了。

大食堂没吃多长时间就黄了，家家挨饿。舅公不管媳妇和闺女，跟老娘过去了，整到吃的，只给老娘吃。媳妇小脚，闺女六岁，媳妇想着送人的二妮儿，挂着跑出去的儿子，天天抹眼泪。

一九五九年，上面给购粮证了。那时候十六两是一市斤，一个人一天给十四两粮，还给分点儿从东北拉过来的白菜叶子、甜菜叶子。舅公家是地主，购粮证没有他家的。

表妹孝英天天到放粮的地方去，看人家不注意，就抓两小把装兜里。这样抢一天，也能抢半斤多粮食。

孝英娘天天挖些野菜，把这点儿粮食放石头囤窑子里砸砸，掺上野菜煮煮，娘儿俩肚子里总算有点儿粮食了。

舅公家离集近，西瓜下来的时候，孝英抢回来粮食，再到集上捡西瓜皮。孝英娘把西瓜皮洗干净，红瓤多的就啃啃，把外边的绿皮削掉，剩下的剁碎，再把抢回来的那点儿粮放锅里，一起煮着吃。

西瓜多的时候，孝英拿着铁丝到集上捡西瓜皮，一扎就是一块，一块一块都串铁丝上。西瓜皮捡得多了，婶子大娘也跟着吃孝英捡的西瓜皮。

孝英的哥哥叫孝玲,虚岁十三跑出去要饭,扒火车到了山西,要着饭就吃,要不着饭就饿着。

在山西要了一年饭,听人说东北好要饭,他又扒火车去了东北。半道让人家撵下火车,他又爬到另一趟火车。这个火车上装的是甜菜,他藏到甜菜堆里,饿了就啃甜菜疙瘩吃,冷了把身子往甜菜堆里扎,把自己埋深点儿。

这趟火车去的是黑龙江省佳木斯市。到了佳木斯,他很快找到活儿,在佳木斯砖厂当小工,有了落脚的地方。

娘以为他不是饿死就是冻死了,天天哭,不哭的时候,眼睛见风也流泪。哭了一年多,接到孝玲从佳木斯打来的信,这才放心了。

后来,砖厂要下放一批人,人家嫌孝玲岁数小,也干不了啥活儿,给了他一点儿钱,把他下放到佳木斯农村。

孝玲在农村落脚后,认识了一个姓孙的老乡。老乡要回老家,孝玲托他给家里捎三十块钱。

姓孙的相中孝玲了,家里有个十八岁的闺女,想给孝玲当媳妇。回到老家一打听,孝玲家是地主,钱给捎到了,闺女的事再不提了。

舅公收到钱,听说佳木斯农村要人,打心眼里高兴。他把家里东西卖了当路费,又蒸了一锅路上吃的黑窝窝,一家人都去了佳木斯。

他在家当地主当怕了,到佳木斯以后,报的成分是贫农。

后来，有人去山东老家调查，查出来他家是地主，常开会斗他。

小时候，孝玲和孝英在外面玩，有个小子喊他们"地主羔子"。喊一遍两遍，孝玲没理，喊起来没完没了，把孝玲气急了，骂他："俺是地主羔子！你是穷种揍的！你是穷种揍的！"

他跟着那小子骂进他家，从那以后，那小子再也不骂他们地主羔子了。

孝玲已经二十岁，没谁当面骂他地主羔子，就是没人给说媳妇。

佳木斯有个亚麻厂，干完地里的活儿，舅公全家扒（注：剥）麻挣钱。那时候，给你一百斤麻秆，厂里要八斤麻，多扒的麻是自己的，人家收了也给钱。一家人扒了两年麻，扒得手指都磨破了，挣了一千多块钱。

孝玲带着这些钱回老家，说媳妇去了。

还真上来个媒婆，说保准给孝玲说上媳妇。吃喝一通，要走五十块钱，没动静了。

过了十多天，媒人还没来，三叔领着侄子去媒人家。

家里人说："她不在家。"

三叔说："俺等，等十天八天，俺也等她回来。你们吃啥俺吃啥，俺就在你家住着。"

别人一听媒人不在，赶紧走。来个三趟四趟，媒人总不在家，就认倒霉，钱不要了，再也不来了。三叔偏偏不走，领着侄子真住下了。

媒人一看，骗不过去，实在没法，把十五岁的孙女领来了。

那小闺女头没梳脸没洗，穿个又脏又破的天蓝色裤子，花粗布褂子露着胳膊肘子。

媒人盼着孝玲不要她。

孝玲一看，小闺女穿得不好，长得俊，个也高，还带个聪明样。他跟媒人说："明天，俺领她扯两身衣裳。"

那时候，龙堌集也没做衣裳的，买回布料也得自己用手针缝。孝玲给小闺女做了两身衣裳一双花鞋，又给了媒人二百块钱，就把小闺女领到佳木斯过日子了。

孝玲的媳妇叫何九银。她奶奶死了，爷爷给她娶了个后奶奶；她娘死了，爹又给她娶了个后娘。奶奶和娘有一个是亲的，也不能叫一个十五岁的孩子去黑龙江，更不能让她给地主成分的人家当媳妇。娶了何九银，孝玲算是捡了便宜。

一九七〇年，中国跟老毛子要打仗，佳木斯跟老毛子隔着黑龙江，游过去就是老毛子的地盘。

地主富农成分的，公社都往老家撵，舅公家才挣得啥都不缺，又给撵回老家，不走不行。

他们回山东住了一年，又来到黑龙江，在安达市升平公社太平六队安家落户。

落稳后，舅公把老娘和三个光棍弟弟搬来。这哥仨都聪明，会说话，长得也不丑。他先帮小弟娶了个媳妇，手里没钱，把老家的房子都卖了。小弟结婚以后，媳妇生了个孩子，走了。二弟找了个寡妇，过了一辈子。老三年龄大，还不想将就，到死也没娶上媳妇。

蒋介石的警卫团长

徐龙金比俺大，一九三六年生的。他爹娘都上过私塾，一九三二年在巨野县城北关的天主教堂结婚，办的新式婚礼。

那时候讲究门当户对，这两家都不是一般人家。龙金的爷爷徐心同给蒋介石当过警卫团团长，姥爷是清朝武举人，家在郓城隋官屯，两个舅舅都是黄埔军校毕业的，都教书。

徐家在小徐营有几百亩地，爷爷排行老二，大爷爷心眼多，总欺负他，他生气，当兵走了。听说他在外面当了营长，大爷爷跟人说："找不着当官的了，叫这样的贫人当官。"俺老家说谁傻就说贫。

后来爷爷在武汉码头上管事，送礼的人很多，有人送来银圆，直接放到家里八仙桌上。徐心同知道了，叫警卫员给人家送回去。听奶奶说，那时候送的钱要是都收下，一千顷地也买了。人家知道徐心同不要钱，就给他送旗，送的旗很多。

当兵当了十来年，爷爷不干了，骑着白马回到小徐营。外人问起来，他说："国共合作，今儿个合了，明儿个又闹不好，像两个小孩生气，俺看着生气，回家种地。"当兵的跟回来不少，留下来四个，都是河北人，给徐家扛活，剩下的都回家了。白马老死了，爷爷挖个坑埋个坟，他还给白马烧纸哩，一年烧一回。

地里的活儿爷爷全会，犁地，耙地，他起早贪黑，跟长工一样干。家里的牲口只要闲着，谁愿意使谁使。

有一天，扛活的说："东家，十里庙的高粱头叫人家抹（注：mā，抹头）了，你去看看吧。"

爷爷说："没事，还是剩的多。"

收高粱的时候，爷爷去了，用两辆车往家里拉高粱头。爷爷跟长工说："还是剩的多吧？咱用大车往家拉。偷高粱的，不敢用大车往家拉。"

土地改革的时候，河北那四个扛活的回家了。农民会会长叫爷爷自己报成分，爷爷说："我是地主成分，这屯子谁也没有我的地多。"

有的地主就几十亩地，庄稼熟了，扛着枪看庄稼，得罪人太多，让农民会给枪毙了。爷爷是小徐营最大的地主，啥事没有。

小徐营离县城十五六里地，国民党跟共产党拉锯的时候，爷爷常到县城要人，要的人都是农民会的。县里当官的，还乡团那边的，都给爷爷面子，他不用拿钱，买几盒洋烟就能把人要回来。跟前（注：附近）几个庄的，爷爷要回来十多个人。有一回去晚了，庄上两个农民会的都给活埋了。

一九五九年，在家挨饿，爷爷领着后奶奶去了内蒙古。生活困难的时候，爷爷回老家扒房子，墙倒了，把人砸坏了。那

2015 年 10 月，姜淑梅采访谷良友的外孙女奚月素（左一）和徐心同的孙子徐龙金（右一）。艾苓摄。

时候没钱看病，没钱吃药，爷爷病了两年，文革前去世了。后奶奶身体好，活到九十多岁。

爷爷当官那些年，大爷爷年年去信要钱，说要买地盖房子。他说买地，没买几亩地；说盖房子，也没盖房子。家里年年卖很多粮食，大爷爷都换成银圆。他攒了很多年，攒了八大缸银圆埋到地下。埋银圆，都是夜里自己偷着埋，他跟谁都不说。

六十多岁的时候，大爷爷身强力壮，突然中风不语，问他啥都没用。家里都知道有八缸银圆，谁也不知道在啥地方埋着。

乱世一家人

王世越，一九三三年生，老家在巨野王集。爷爷那辈子，他家有几十亩好地，自己种，还有洋弓给人家弹棉花。王家弹了三辈子棉花，给钱的少，多数给粮食，住在集上买卖好做，日子过得不孬。

日本人在的时候，爹当过钢枪班班长，打过日本人。后来在外面学会吸大烟，啥活也不干，天天总想着卖东西买大烟吸。爷爷奶奶都不在了，爹把这个家也快卖光了。那时候世越两岁半，还吃奶呢，上面有三个姐一个哥，娘早就劝爹把大烟戒了，说："咱五个孩子，先得吃饭啊。"咋说爹也不听，娘领着孩子走了，去了曹州府，就是现在的菏泽。

菏泽有个赵庄，娘带着孩子跟赵先生结婚了。赵先生是清末的秀才，有学问，书法好，媳妇死了。他在本村和周围几个村教私塾，有时也开个小药铺，看病卖药，日子过得好。赵先生有两个儿子，都在外面做事，大儿子是国民党的一个团长，二儿子管军需。赵先生在王集教过私塾，以前可能跟娘认识。

世越的大姐叫英，嫁到曹县，丈夫姓刘，刘庄户的人，公开身份是国民党的团长，实际是共产党的地下党。大姐的儿子小名叫斌，大名叫刘杰。大姐夫后来叫叛徒出卖，押到国民党监狱。不管咋拷打，他一个人也没招出来。当时抓到共产党就活埋，姐夫是地下党，人家不埋他，给他上刑，要他的口供，他叫国民党活活折磨死了。

大姐夫死后，国民党派人到刘庄户抓大姐。大姐在磨面，用小牛拉磨，听见外面有动静，知道大事不好，不敢出来，用筛面的布篮扣上自己。国民党的人看磨坊没人，走了，这娘儿俩躲过一劫。

刘庄户不能住了，大姐带着刘杰找娘，来到赵庄。赵先生这个家多出两口人吃饭，负担太重了。没法了，大姐改嫁到菏泽杨庄，丈夫在菏泽烟厂当采购员，家里富。他在杨庄已经有了媳妇和儿子，叔家没儿，他另娶媳妇，顶叔家家业，这叫"一支两不绝"。

结婚以后，原来的媳妇和孩子总欺负大姐，大姐跟姐夫住到菏泽城里。好日子没过多长时间，姐夫的儿子到城里告密，说大姐是共产党的坐地探，国民党又要抓大姐。

赵先生听说了，去了一趟菏泽，他的学生有在国民党那边管事的，把这事摁下。大姐在城里不能住了，回到杨庄。她回杨庄哪有好日子过，那娘儿俩跟她是仇人，总找她的麻烦。实在没法过了，上吊了，死的时候还不到四十岁，撇下儿子刘杰。

刘杰比世越小两岁，回到赵庄，俩人一块上学。解放以后，刘杰考上宝鸡化工学院，人家一看档案，爹当过国民党团长，他的家庭成分是反革命家属，没录取，给撸下来了。第二年刘杰接着考大学，考上了，还是给撸下来。

一九六三年，刘杰去了刘庄户，那没啥近人，还是那样的成分，不好过。邻村有个大夫，家里有俩闺女，他看中刘杰有文化、人忠厚，把小闺女嫁给刘杰。"文化大革命"以后，不讲成分了，刘杰在刘庄户当会计。

四十多岁的时候，刘杰在河南新乡碰到一个领导。人家问刘杰是哪里人，家里有啥人，刘杰说："老家是曹县刘庄户的，没啥人了。"

人家说："我打听个人你知道吧？姓刘，听说死在国民党监狱里了。"

刘杰掉泪了，说："那是俺爹。"

人家从椅子上站起来，拉住他看了又看，也掉泪了，说："听说他有个儿子，原来是你！"

这个人是他爹单线联系的上级领导，在新乡工作，已经是省级干部。有领导证明，刘杰背了半辈子的黑锅算是卸下来，从反革命家属变成了革命烈属。人家还想帮他办农转非，没办成。

刘杰今年八十一，还在曹县，世越两年前见过，他聋了，还有心脏病，身体不好。

赵先生一亩地没有，土改的时候分给一亩七分果园。那时候，一亩园顶三亩田，这一亩七分果园顶五亩多地哩。果园里有七棵柿子树，最大的那棵一年能结五六千个大柿子。赵先生六十八岁那年有病了，肠炎，那时候也没好药，死了。

国民党跟共产党在菏泽拉锯很长时间，一九四八年国民党在菏泽城里，常抓壮丁，世越也给抓去，干活儿慢了就挨打。八月节那天，城里还有提灯会呢，当时电灯少，提灯是豆油灯，里面有灯捻，外面有玻璃罩子，还有不少用纸糊的灯笼，提着在城里走。过完八月节没两天，菏泽城里一个国民党兵也没了，一枪没打，都跑了。

一九五〇年，世越考菏泽一中，没考上。那年作文题目叫《春节记事》，他不知道啥叫春节，知道过年，还有过年下（注：过年），以为春节是清明节哩，作文零分。

接着考师范学校，两千多人报名，就他一个人用毛笔答卷，他跟赵先生长大，从小赵先生就教他用毛笔写字。那年，师范学校录了二百五十二人，世越考上了。开学考试，学校让把作文再写一遍，找人替考的露出来，这五六十个学生都回家了。

那时候抗美援朝已经开始，学校成立文艺宣传队，把世越选进来。他能歌善舞，还会自编自演节目，舞台上的家伙都能拿起来。用行话说，软场面硬场面都会，软场面是吹拉弹，硬场面是敲锣打鼓。宣传队到各地演出，收入都捐了，支援抗美援朝。

一九五三年，世越师范毕业，分到鄄城康庄，在黄河边上教书。康庄小学只有两个班，加上他就两个老师。

在师范上学的时候，世越认识了一个女同学，叫李桂兰，俩人同岁，桂兰比他高一年级。她家原来是鄄城七顷地的大地主，家里俩闺女没儿子。家没儿子，地再多也是绝户，桂兰的爹不好好过，吃喝嫖赌全占。土改的时候，她家让农会扫地出门，娘领着俩闺女各处要饭，常跟闺女说："要想有出头之日，还得上学，俺要饭吃也供你们！"

桂兰十好几岁了才上学，没上一年，直接上三年级，六年的课程她三年念完了。考菏泽一中，考数学、语文、常识，桂兰没考上，她不服气，找校长要看看自己的卷子。桂兰数学好，后边有两道难题，很多人都没答，她全做上了。校长让她自己找卷子，数学和常识一找就找到，这两科加起来分数就够了，语文卷子没找着。后来费了好大劲，老师帮她在纸篓里找到语文卷，原来她语文分低，直接给扔到纸篓里。

桂兰在一中上学，一个月得交三十斤小米，娘三寸金莲，背三十斤小麦要走七十多里地，一个月送一回。地里收的粮食，娘舍不得吃，留给两个闺女上学用，自己要饭吃。

老师知道了桂兰的家庭情况，让她转学读师范，转到师范学校，她就不用交粮了。

桂兰跟世越同学两年，对他很亲近。有一次，世越在小卖部买了双袜子，桂兰从背后抢走了，说："我给你掌个袜底。"

以前袜子都是棉线的，不结实，不掌底几天就穿坏。手里都没钱，买双袜子不容易，买回袜子先把袜底从中间剪开，往上一翻，做双结实的袜底封上再穿。

桂兰毕业后，分到鄄城常庄教书。她长得俊，有工作，给她说媒的踏破门，有区长，有县长，有军官，她一个也不愿意。

娘问桂兰："啥样的婆家你都不愿意，咋回事？"

桂兰说："你跟俺爹是父母做主，一辈子都不好，我的婆家我自己做主。"

世越分到康庄后，桂兰常来看他。八月节的时候，世越还没教课呢，桂兰又来，问他："你咋没回家呀？"

世越说："离家太远，不想回去了。"

桂兰说："你回去吧，我给你借个自行车。"

她不光借了自行车，还买了四斤月饼两只烧鸡，说："这是我给老人带的礼物，你带回去吧。我跟人家说好了，自行车借三天，你陪老人住两天再回来。"

回到家，世越跟娘说："有个女同学对我可好了，自行车是她给借的，这些礼物也是她买的。"

娘说："你回去问问她，愿不愿意跟你成家。"

回去以后，桂兰来，两个人在黄河大堤溜达。不等世越说啥，桂兰先问："你谈过不少恋爱吧？"

世越说："没谈过。"

桂兰问："你想找个啥样的？你看我中不？"

世越说："中！中！"

隔了一个星期，俩人登记。桂兰一个月工资二十四块，世越二十二，桂兰给他买了一身衣服，又拿出五十六块钱办了几桌酒席，找了老乡一间小东屋，两个人的行李往一块一搬，这就结婚了。

一九五四年，有了大儿子。

一九五五年，上面招高空驾驶员，桂兰不叫世越报名，没拦住，他光想到外边闯。政审通过，检查身体也通过，到省里复查，医生说："你的眼睛不合格。你小时候害过眼吧？眼里有疤。"

世越没去成，桂兰可高兴了。

不到一个月，县里把世越调到文化馆搞群众文化，辅导戏曲，跟教书比，他更愿意干这个，干得可好了。

一九五七年反右，文化馆七个人六个右派。文化馆办了份文艺报纸，副馆长陆明说："咱都给自己起个笔名吧，以后在报纸上发表东西，都用笔名。"陆明的笔名叫"土桥"，世越的笔名叫"青砖"。反右的时候，这些笔名都成罪证了，人家说他们没安好心。

陆明参加过国民党远征军，打过日本去过缅甸，他工资最高，一个月六十四块。上面对他的处理是最重，劳教三年，一个月开十八块钱生活费，他去了济南。给世越的处分是降职降薪，从二十四级降到二十七级，工资从四十块降到二十七块五。

鄄城有个副县长，是个管水利的老革命，他以前提过意见，说："县长的家属给安排工作，我的家属咋不给安排呢？"反右的时候，人家说他反党反社会主义，拉出去斗，斗得他受不了了，往墙上钉个楔子上吊了，他死在这条意见上。

当时，桂兰怀着大闺女，整天替世越提心吊胆。很多人动员她离婚，跟右派丈夫划清界限，她没听。

她跟世越说："你啥都别想，保住命就行。"

世越在鄄城劳动三年，摘了右派帽，又回去教书，低人一等。

一九六六年，上面通知教师进城，在城里开了一百天会不让回家，"文化大革命"开始了，当权派斗走资派，又乱了。

一九六八年，国家困难，让教师归队，哪儿来的回哪儿去，世越没主意了。他是巨野王集人，跟娘去菏泽赵庄，已经改姓赵了，王集回不去，赵庄也没近人。

桂兰背着世越，骑自行车去了王集，回来才跟世越说："咱回王集吧，人家愿意接收咱。"

一九六八年十二月份，世越拉地排车回王集，上面四个孩子，东西还没装满。那时候叫认祖归宗，他姓了半辈子赵，改回姓王。大队给了几分地叫他种菜，还给了块地方叫他盖房子。他在王集教书，教到一九七九年。

一九七九年，上面给他彻底摘帽，平反昭雪。县委书记征求他意见后，把他安置到一个事业单位，有福利，有奖金。

桂兰跟着调到巨野县城，档案都放到教育局了，还没等上班，双胯股骨头坏死。想做手术吧，县医院不给做，说桂兰骨质疏松，吃激素吃的。桂兰有风湿病，腿疼得受不了了，吃强的松就不疼了，以为是好药呢，里面都是激素。

为给桂兰治病，夫妻俩去了三趟北京，没用，北京的医院不给手术，也没啥好招。小闺女婿是山东中医学院毕业的，他回学校请老师给开了药方。世越按方抓药，天天熬药，给桂兰吃完药，他再把药渣子煮了，用这水给桂兰洗腿。

吃药一年零一个月，桂兰的腿还真好了，拄棍能走了，后来棍子也不用了。她心脏不好，得吃药维护，又添了肝病。

大闺女是世越刚当右派那年生的，发育不好，经常有病，走在前头，二〇一〇年去世。二〇一一年清明节，桂兰打电话嘱咐外孙女："给你娘多烧点儿纸，我对不起她。"她以为世越没在家，放声大哭。

第二天，桂兰说胸闷，憋得慌，世越赶紧给她吃救心丸。小闺女和闺女婿都是大夫，桂兰住到医院输液，病没见轻，晚上还休克一次，十天后走了，死在心脏病上。

世越的二姐解放前就送人了，送给吴庄人。吴家无儿无女，在菏泽城里有个卖布的门市。养父母对二姐好，给二姐取名吴翠莲，二姐还上了学。

有一回，解放军住到庄上，二姐喜欢上一个解放军，这人叫关光耀，家是河北南宫的。娘、继父和养父母都不同意这门亲事，没挡住。

关光耀复员后，二姐背着家里去南宫嫁给关光耀，第二年生了个闺女。

两年以后，三口人一起回来看世越娘，娘不让二姐走。关光耀咋求都没用，一个大男人哭得呜呜的，把闺女抱走，把二姐留下了。

赵庄西头有个人叫赵家鸣，是国民党起义部队军长的副官，大个，长得标致，他代表军长去南京见过蒋介石、宋美龄。娘把二姐嫁给他。

"文革"的时候挨斗，家鸣给乌兰夫写信。

乌兰夫回信说："赵家鸣所在的部队是起义部队，不能按反革命对待。"

家鸣这才不挨斗了。他当过大队支部书记，有五个儿子俩闺女。他得胃癌死后，二姐过得难，五个儿子不管娘，两个闺女对娘好。后来，一家一个月拿五十块钱，把二姐送到敬老院，住到死。

世越的大哥叫世德，四外庄上的小孩没有不怕他的。人家打他，他不哭，他打人家，哪次都打得够呛。大哥长大后当了国民党，二十多岁的时候回来看过一回娘，再没回来过，兵荒马乱，不知道他死活。

三姐跟姑长大的，姑疼她，住在黄塘，就她过得顺心。嫁的丈夫叫钱财旺，生了两男两女。财旺当过村干部，不到四十岁死了。

世越在鄄城文化馆上班的时候，把娘接来跟他住了几年，帮他照看大儿子。当右派以后，工资少了，娘去了吉林敦化，在大石头镇落脚，娘说她给一个饭店帮忙，常给世越往回邮粮票。

十多年后，娘从吉林回来，世越已经回到王集。爹还在王集，娶了继母，生了俩儿仨闺女。娘跟世越说："小，俺攒了一两万块钱，都给你吧。"

世越说："我不要。这钱你老人家留着，愿意给谁给谁。"

娘跟桂兰脾气不和，俩人和不来。娘还是王集改嫁走的媳妇，不能再回王集住，那时候讲究这个。

娘去了二姐家，在二姐家住够了，再去三姐家。

几年后，娘得了子宫癌。快不行了，世越用地排车把她拉回王集，办了后事。

爹和继母都去世后，世越把三个人合葬在一起，在王家老林上立了三块碑，娘的碑上写的还是王白氏。

（注：根据主人公意愿，文中人物均为化名，庄名也做了改动。）

命　硬

巨野有个李家，就哥俩，过得很好。老大学会吸大烟，日子走了下坡道。

李家老二十二岁结婚，十三岁得病死了。媳妇才十六岁，在李家守寡。她看大伯哥吸大烟，跟他分家，家产一家一半。

分家以后，李家老大吸黑的，吸白的，卖地，卖房子，把一个家全都卖光了。没啥卖的了，把大闺女卖了，给一个比闺女大十六岁的丑八怪当媳妇。二闺女厉害，谁说要给她找婆家，她骂谁。到了二十八岁，自己做主，找了婆家。

老大总想叫兄弟媳妇改嫁，他好把兄弟这份家产卖了。

兄弟媳妇不走，她说："俺的命硬，克死一个就行了，别再克死别人了。"

有一天，李家老大犯了烟瘾，兄弟媳妇还没起床哩，他到了她房里，往兄弟媳妇肚子上扎了一刀。他大概想：要是扎死了，谁也不知道，就说得急病死了，谁也不能往肚子上看。

兄弟媳妇流了很多血，没死。

老大怕兄弟媳妇的娘家人来收拾他，在她跟前没脸活，街坊邻居也不把他当人看，吞大烟死了。

老大家有二个闺女三个儿子，老大死后，老大媳妇把大儿子过继给兄弟媳妇。

老大的二儿子叫李方，年纪不大，出去挣饭吃，还娶了个俊媳妇。正是乱时候，也不知道他有啥人命案，巨野出人把他抓回来，等着枪毙。

媳妇的弟弟买通上下的人，把他整到高粱地里开了一枪，就说把他枪毙了。

他从高粱地跑了。

家里买了口棺材，又哭又叫埋了个小坟，都知道这个人死了。

李方在关外住了几年，一看没事了回到家，生了一个闺女一个儿子。

一九五九年，到处都吃大锅饭，这天来了个外地工作组，有个外地人听见别人喊李方，问村干部："你们屯子有几个李方？"

村干部说："就一个。"

这个人偷摸打听李方，打听好了告到县里，公安局来人把李方抓走了。

李方媳妇知道，这回丈夫活不成了，领着孩子过了几年，带着孩子改嫁了。

不知咋回事，上面没判李方死刑，判了他十年。

十年以后，他把三亩地都种上杨树；还办过一阵戏班子，没办好，戏班子散了。

又一个十年，杨树长成材，李方成了万元户。

他活到九十二岁。

九十二岁那年，出车祸死了。

那个从十六岁守寡的媳妇，先当婆婆，后当奶奶。

儿媳妇生了五个儿子、一个闺女。这媳妇嫌孩子多，她听人家说，用紫花种熬水喝，以后不生孩子。生完第六个孩子，她在月子里喝了紫花种水，喝多了，药死了。

新生的孩子没奶吃，饿死了。剩下的五个孩子最大的才十岁，最小的不到两生日，寡妇奶奶一个个拉巴大。

等她有了孙媳妇，孙媳妇也死了，撇下一个重孙子。

她又帮孙子拉巴重孙子，活到九十三岁。

（注：李方为化名。）

神枪手刘西礼

巨野县城东南有个大刘庄，离城七十里地。刘家祖上的老哥仨，从开封迁民过来，长支为大，大哥落脚的地方就叫大刘庄。

到了刘西礼这辈子，大刘庄已有一百多户人家，五六百口人。爹会过得出名，家里有百十亩地，还处处省着，攒钱买地。十多口人过大年，就煮两碗扁食（注：饺子），他不叫人吃，供天爷爷、灶爷爷。他叫一家人喝扁食汤，先喝个水饱，一个人再分几个扁食。

大刘庄以前不太平，家里地多了，打的粮食多了，老缺常来抢。爹狠狠心，卖了几口袋粮食，买了两支枪，两筐子弹，为的是看家护院。一杆长枪，叫"湖北条子"；一把短枪，叫"洋炮盒子"。

西礼是家中老大，学过武功，买枪以后待见得要命，常到地里打野兔，枪法越练越好。天上小鸟飞来，他跟庄里人说要打它的头，枪响鸟落，看热闹的抢先看，小鸟的头真没了。这事一下子传开了，外边人给他起了个外号"神枪手"。从这，老缺再不敢惹他家。

一九四〇年，八路军住到大刘庄，他们是一一五师黄河支队三团的，都是二十岁左右的年轻人，多数人是河北的，都是新兵，没事就训练。大刘庄成立了民兵自卫队，西礼被区工委任命民兵自卫队队长。八路军、县区武装有行动时，常带着他当狙击手。他会气功，还跟爹学会点医术，救过八路军一个连长。

这些八路军在大刘庄住了一个多月，时间长了，叫日本鬼子知道了。当时大刘庄归巨南县，日本人从巨野、单县、成武、金乡、嘉祥五个县，调来三千多日伪军，想像包扁食一样，把三团和县区武装包在里面，一口吃掉。

这年阴历十月二十四，雾大，天还不明，八路军在村南场里做早操。

哨兵报告："日本鬼子从万福河过来了！"

团长芦迪和政委曾子鲁，都以为是日本人的小股部队，没马上转移，光是撤到大刘庄。

大刘庄有海子墙、海子壕、海子门，日本人用大炮往庄里打，落到大刘庄的炮弹多数没响；八路军和县区武装合力往外打，快到晌午了，还没把大刘庄打开呢。

特务连和民兵自卫队守东寨门，就两挺歪把子机枪，有一挺还不好使。八路军的枪都是汉阳兵工厂造的，叫"汉阳造"，拉一下大栓，压一发子弹，才能打出去一枪，不好用。西礼的"湖北条子"好使，用上了。

日本人的指挥部在李庄，李庄有人看见指挥官急疯了，脱了衣裳露出光脊梁，一阵叽哩哇啦的日语，翻译紧跟着说："大刘庄有多大？就是一个县城，也该打开了！"他恨得用指挥刀劈了两个日本兵。还说："打开大刘庄，杀光！烧光！鸡犬不留！"

这个最高指挥官是个少佐，叫山崎三郎。

这个山崎三郎不傻，他把李庄的老百姓抓来，用绳子绑上，他和日本兵夹在老百姓中间，往大刘庄奶奶庙走。奶奶庙离大刘庄东寨门四五十米，是日本人的前线指挥所。

西礼看出来，这个日本人是个当官的。李庄这些老百姓他都认识，有个外号叫骡子的，有个叫李红修。他偷着给他们摆手，想叫他们躲开。他们让绳子绑着，躲不开，他没法打枪，急出来一身汗。

从李庄到奶奶庙一百多米，还有四五米就到奶奶庙，山崎三郎以为没事了，他把绑着的老百姓推到一边，快走了几步想进庙。

西礼眼疾手快开了枪，第一枪打到他腿上，他跪在地上还指挥呢；第二枪打到他的头上，山崎三郎死了。

头头死了，日本人慌了一阵子，接着打。

一个土寨墙围成的庄，哪经得住长时间炮轰？东寨门被打开缺口，傍黑天鬼子占了半个庄。死了头头，鬼子也害怕，摸不清庄里虚实，不敢再往西打。

八路军和县区武装，退到庄西的几个院子里，半夜从大刘庄西北角打出去。

打完这场仗，日伪军死了三百多人，他们把尸体拉走，堆到李庄东头，倒上汽油烧了。八路军这边开始说死了八十多个，实际死了二百多人。三团政委曾子鲁、区长程湘桂都死了。有七个河北来的亲叔伯兄弟一块当兵的，日本人把他们包围在一个院里放毒气，这哥七个全死了。

西礼打死的少佐山崎三郎，是巨野县抗战时候打死的最大日本官。他抗日立功的事儿，刚解放的时候，上了小学国语课本。

西礼有仨闺女，没儿子。听说区里给他送过功劳匾，不知为啥，农民会长没给他。几年后，有人在西礼家不远的阳沟里，发现了一块匾，上面的字还能认出来，写着"抗日英雄之家"。

神枪手刘西礼。大刘庄战斗结束后，八路军一一五师首长特派摄影记者为刘西礼拍照登报。刘谓磊提供。

生活最困难那几年，西礼想向政府要个待遇，到县人事局找过，以为人事局就是管人的事，没啥结果，再不找了。

有年夏天，大刘庄人看见福合家二十米高的大柳树杈上，趴着只大夜猫子——猫头鹰。老家人都不喜欢夜猫子，说它是丧鸟，不常见。有个口头语说：夜猫子进宅得死人；还说：不怕夜猫子叫，就怕夜猫子笑。要是黑天半夜夜猫子在树上笑，这块地方不出三天就要出大事。

有人喊："快去叫西礼大爷，让他用枪把夜猫子打下来。"

西礼那年六十多岁了，家里有杆土枪，眼也花了。他出门一看，树下黑压压的都是人，都等着看热闹哩。

打完仗后，西礼就很少摸枪了，他心里没底，跟看热闹的人说："口干了，俺回家先喝点儿水，回来再打。"

回到家喝了几口水，稳了稳神，他再回到那棵大柳树下，支好猎枪瞄了瞄，右眼闭了几秒钟。"砰"的一声枪响，扑棱棱，夜猫子一头栽了下来。

西礼年纪大了，他把房子和树给了队里，吃上了五保。七十多岁，还早起晚睡，天天练武。一跺脚，院子里扑通扑通响，地都动。

有一回，侄子刘谓磊的闺女病了，咋看也不好，别人就说："找你大爷给看看。"

谓磊把孩子抱过去，西礼摸了摸孩子的头，在地上画了几个圈，让孩子站进去，他一跺脚，对准孩子的脑门吹了一口气，说："好了，回去吧。"

谓磊把孩子抱回家，孩子真好了。

一九八九年，西礼去世，虚岁八十，算是高寿。侄子谓磊披麻戴孝，把他送到庄西北老林，入土为安。

谓磊到县里工作以后，遇到老八路谢经晋。

谢经晋问谓磊："你是哪个庄的？"

谓磊说："昌邑南大刘庄。"

"大刘庄有个神枪手，叫刘西礼，知道不？"

"他是俺亲大爷。"

"你大爷可没少为八路军出力，我还到他家去过哩，他这辈子过得咋样？"

"俺大爷种了一辈子地，去世了。"

"他没待遇？"

"没有。"

"太亏了，以前你们咋不找啊？"

"俺大爷找过人事局，没用。"

"那是找的地方不对。他这样立大功的人很好办，只要有三个当事人证明，就可以申请办了。最低，政府也得年年给些生活补助。"

打章缝

一九四六年秋天，早起的人跑回屯子说："快去看看，西边高粱地出了个大胡同子！"

董官屯的人跑到西边看，可不是吗，不知道啥人从高粱地趟过去，硬是在高粱地里趟出条道。刚下完雨，地里都是淤泥，黏得很，道两边有不少粘下来的鞋底子。

到了下午才听说，刘伯承的队伍从这儿过去了，去打章缝。

那时候拉锯，今天你打进来，明天他打进来，老百姓记不住那些队伍，都管国民党的队伍叫中央军，管共产党的队伍叫八路军。

俺三嫂大寸那年八岁，奶奶家在李胡同，姥娘家在仓集。八路军把李胡同打开了，中央军往仓集跑，让老百姓也跟着往仓集跑。八路军去截老百姓，截回来一半多，接着追打中央军。听说，那回八路军、中央军和老百姓都死了不少。

飞机上的中央军看见人多的地方就打枪。八路军用柳条子编个圈戴头上，从飞机上往下看像树，排上队像小树林。飞机上的人知道这回事了，飞机飞得很低，就一房多高。飞机过来了，就在房顶上过，枪炮声大，屋里的老百姓赶快把耳朵捂上，都不敢出屋。

孩子哭叫，喊渴喊饿，当娘的没办法，往孩子嘴里吐唾沫，还有的让孩子啃生京瓜（注：南瓜属，葫芦状，又叫方瓜）。

不打仗了，娘跟大寸说："你在家跟姥娘，俺惦记你爷爷奶奶，俺去李胡同看看。"

娘前脚刚走，大寸后脚偷着跟去了。

快到李胡同了，看见很多死人。有个年轻妇女死在林柳趟子里，脸朝上，旁边有个包袱，还有个小孩子，大概十个月，他不知道娘已经死了，还趴在娘身上吃奶哩。

大寸越走越害怕，走到奶奶家就病了，发疟子。先是冷，盖三床被，冻得哆嗦；后来热，啥也不盖还热。白天折腾一场，晚上折腾一场，病了二十多天才好。

百时屯的庞广乾在地里干活儿，中央军看见了，进去两个当兵的，把他从高粱地里拉出来。

广乾假装哑巴，瞎比划不说话，那两个当兵的伸手就打，连打带踢，一边打一边说："我让你装哑巴，我看你装到啥时候！"

广乾一看装不下去了，捂住脑袋说："老总饶命！别打了！别打了！"

有个当兵的笑了，又踢他一脚："找打！不打你，你还得装！"

有个当官的一摆手，当兵的停下手，这个人问："前边是不是百时屯？"

广乾说："是。"

这个人说："走吧，咱就去那儿。"

中央军到了百时屯，叫老百姓给他们倒房子，老百姓不敢不倒，一家一家的都住到一间房子里。不光占房子，中央军还在房顶上垒炮楼，把房子都压坏了。家里的门给你卸下来，拿出去棚碉堡。屯子外围的房子和墙，都给你挖出窟窿，当炮眼，准备打仗。

第二天，从仓集来了两个男人，直接找当官的告状，说："你的队伍从仓集带来两个妇女，俺家媳妇让你们的人抢来了。"

当官的拉下脸，让手下人马上查，找出来两个人，一个是小官，一个是当兵的。

听说这个当官的是个团长，他下令把这俩人枪毙了。

这俩人跪下不走，磕头作揖说："团长，饶了我们吧！我们再也不敢了！"

那个团长说："大战在前，你们目无军纪，还有脸求饶，马上拉出去！"

这俩人当天就枪毙了，埋到庞法敬家的地里。

第二年春天，这块地种高粱，埋死人的地方，高粱棵高出半米多，高粱秸粗，高粱穗大，高粱粒子也大。俺老家那里，高粱地得纺三茬高粱叶，就是把下面的高粱叶子扯下来，上面就留三个高粱叶，为的是通风。

那年庞法敬八岁，他爹让他去高粱地纺高粱叶，他说："俺不去。"

爹问："为啥？"

法敬说："那里有死人，俺怕。"

爹说："有啥怕的？胆小的男人没出息！"

爹逼着去，法敬不敢不去，哪回走到高粱地都害怕，吓得哆嗦。等走到埋死人的地方，手不像手，脚不像脚，头老大。可牛爱吃新鲜高粱叶，这是他的活儿，干不好怕挨打。

过两天，八路军打进百时屯，有不少是新兵，年纪都不大，有的十七八岁，有的十八九岁，都像学生。

俺娘问一个新兵："你从哪里来？"

新兵说："肥城，俺都是肥城的。"

听说，要训练他们四十天再去打仗。

没过几天，中央军又打过来。

国民党的队伍武器好，上边还有飞机轰炸。共产党的队伍白天藏起来，夜里打。

夜里打仗的时候，国民党有照明弹照亮，一个一个的照明弹，看准了就放炮。

那些从肥城来的小兵，没给他们枪，一个人发给他们两个手榴弹，叫他们上前线，扔出去两个手榴弹就往回跑。那帮小兵多数都没回来。

那时候有个说法：情愿死十个新兵，不愿死一个老兵。

还有一个说法：有死不完的老百姓，就有死不完的八路军。

董官屯王秋兰那年九岁，打章缝的时候，她正住在章缝姥娘家，吓得她和姥娘姥爷都趴在堂屋的南墙根。

那几天，两边的枪炮炸弹分不出个地响，从飞机上往下打机关枪，呱呱呱，呱呱呱，还从飞机上往下丢炸弹，咣一声，地下就出一个坑，崩得四外都是泥块。

秋兰光听见枪子嗖一下、嗖一下响，看不见枪子，桌上的玻璃瓶子碎了，屋里叮当乱响。咣，一个炮弹落到驴棚上，把驴棚炸倒，驴也炸死了。

后来，院外来了几个人，大声喊："屋里有人没有？快出来！"

吓得三个人谁也不敢出来。

枪声紧了，外边的人喊："屋里有人快出来！不出来，就往屋里扔炸弹了！"

三个人这才出来。

外面是几个中央军，有个当兵的问："屋里还有人吗？"

姥爷说："没人了。"

当兵的扔屋里一个手榴弹，把房子炸塌了。

三个人没处藏了。院子里还有个篱笆墙，三个人坐到篱笆墙根下。

不知道从哪里来了个手榴弹，把篱笆墙砸倒了，就落在三个人跟前，没响。要是响了，这三个人一个也活不成了。

仗打了三天三夜，中央军的地盘越来越小，退到田家家庙，让八路军包围了。听说他们有无线电台，让肖楼、王海、曹四王庄的中央军来救，援军把这伙人救出去了。

章缝打开了，八路军俘虏了很多中央军，不少俘虏住到百时屯。那年俺九岁，出去看热闹。

十八个中央军都在哑巴家场里，排队站着。有个人好像是八路军的官，对俘虏讲话："你们愿意跟我干的，就好好跟我干。不愿意跟我干的，你就回家，我不强留！"

这个八路军军官大声喊："愿意跟我干的，举手！"

那些中央军全都举手了。

他又喊："愿意回家的，举手！"

没一个举手的。

军官说："我得清清你们的腰，我怕你们身上有钱开小差了。"

他开始翻东西，把这十八个中央军的身上翻了一遍。收完他们身上的东西，军官说："这些中央票子、金镏子、银圆，我都交给上级，给你们保管。等全国解放了，不打仗了，全都还给你们。好了，你们回你们的住处去吧。"

俺家里院住了中央军俘虏。有两个俘虏不像当兵的，一个高的，一个矮的。

高个问："你的镏子收走了吗？"

矮个说："收走了。你的呢？"

"我的没收走。"

"你的放哪儿了？"

高个说："我的戴小便上了。"

矮个说："我的戴大脚拇趾头上了。他叫我脱鞋，一脱鞋，叫他看见，收走了。"

打完章缝，到处都是死人。死的老百姓，谁家的人谁家整回去，买口棺材埋了。章缝西头有个大坑，死的八路军和中央军，都用车拉走扔到坑里了。伤兵抬走了，死人整走了，章缝庄里庄外留下一摊摊血。刚开始，进章缝有一股血腥味，过了些天，臭得不能闻。

打完章缝，俺学会两个唱，一个是：

叫声老大娘，
听我把话讲；
喝你口凉水，
给你打满缸；
我说老大娘。

还有一个唱是：

想中央，盼中央，
中央来了一扫光；
杀老百姓的猪，
宰老百姓的羊，
妻子姐妹都遭殃。

后来，家家户户都给八路军做军鞋，农民会会长下令：用各家男人的鞋样子做。这回俺嫂吃亏了，全庄都没俺哥的脚大。

千家万户的军鞋都往前线送，八路军再不用穿露脚趾头的鞋了。

刘伯承的纸条

北关是以前巨野的城边子，姓杂，啥人都有。

魏清玉外号老虎，瘦高个，瞪着眼，说话大嗓门，家住北关郝园。

一九四六年，刘邓大军来打羊山，国民党的部队是整编七十四师，很厉害。

刘伯承在丁官屯住过。听说他身边有个警卫员叛变了，刘伯承住哪屋，他在哪屋门口搭条白毛巾。等刘伯承出了门，飞机在头顶上跟着轰炸。

那天，魏清玉在庄稼地里干活儿，看见飞机过来，赶紧躲进僧王庙。僧王庙离北门二百米，听说供的是僧格林沁。

他刚躲进僧王庙的厕所，有个人也跟进厕所。飞机往下扔炸弹，厕所待不了，他拉着这个人东躲西藏，拐到北关桥底下，北关桥下有条河，叫小清河。

两个人在桥底下待了一阵，飞机走了。

这个人临走，从兜里掏出铅笔，写了一张纸条给他。

魏清玉不识字，不知道上面写的啥，这个人临走握握他的手说："老乡，以后见！"

他没当回事，回家以后把纸条掖到房箔子（注：用高粱秸织的帘子，当隔山墙用）里。

过了几年，有人说起打羊山的事，讲当年刘伯承的警卫员叛变，在远处用白旗指挥飞机，专门炸刘伯承，没炸死。魏清玉想起那个人，想起那张纸条，家里房子都扒了，哪还有啥纸条？纸条上到底写的啥，没人知道。

家穷，魏清玉打了一辈子光棍。

平常他做个小买卖，冬天煮熟梨、熟枣卖，夏天卖西瓜。过去不像现在，一卖就是一个、半个，过去都是把西瓜切开卖，五分钱一溜，一毛钱两溜。

北关有三间仓屋，是生产队的仓库，东西不多。魏清玉年纪大了，没地方住，搬到那儿，住仓库一头。他爱说话，人缘好，常有人到仓库跟他拉呱。

一九七七年，魏清玉跟人家说，这些年他给自己攒过河钱哩，攒了八十多块钱。

心眼好的人没往心里去，心眼孬的人记心里了。

第二天晚上，魏清玉让人杀了，钱不见了。

公安局的人来了，盘问不少人，也没破案。

魏清玉有个哥哥，叫魏清河，已经退休，七十多岁了。

弟弟死了，案子没破，他生气，上吊了。

死的时候，留下一个纸条："魏清玉、魏清河死之不明。"

公安局接着破案，也没结果。

要是现在活着，魏清玉得一百一十岁了。

牺牲通知

百时屯有个庞法和，年纪比俺大十好几岁。家里穷，出去当兵挣碗饭吃。

他先去了国民党的七路军，跟着七路军打了一年仗。一年以后，他托人给家写信说，他叫共产党的八路军俘虏了，现在当八路了。

那时候，百时屯识字的人不多。谁家来了信，都找识字的人给念念。庞家后来接到信，找了个识字不多的人。

法和娘说："大孩，俺家来信了，说是你二哥打来的信，你给俺念念呗。"

大孩打开信，不认识几个字，他看见里面有"牛"、"西"和"生"，以为又给牛又给东西，这是升官了。他说："婶子，俺二哥在八路军那边升官了。"

一家人高兴坏了，法和娘看见谁跟谁说："俺儿在八路军那边升官了。"

庞家老大也跟人说："俺兄弟在外边当官了。"

一家人高兴了很多天。

过了很多天，庞家来了个学问好的人，是法和远门大爷。法和娘说："大哥，法和来信了，那天大孩给俺念，说法和升官了。你学问好，念给俺听听，他当多大的官呀？"

大爷看完信，啥也没说，哭了。

法和娘问："你哭啥哩？到底咱法和当多大个官呀？"

大爷说："法和没了，牺牲了，不是升官，是打仗打死了。"

法和娘脸色蜡黄，愣了一会儿，大声哭起来了，一家人都哭了。

法和大爷饭也没吃，走了。

走到门外，好些人问这个远门大爷："法和当官了，一家人哭啥哩？"

这个学问好的人说："那是一封牺牲通知书，牺牲就是这个人没了。"

法和娘拖着长声边哭边说："儿呀，俺可怜的儿呀，你活不见人，死不见尸，你的命咋就这么苦哇？俺的儿呀，俺这辈子再看不见你了，俺那可怜的儿呀！"

法和娘不吃不喝，嗓子哭哑了，还哭。

第二天，法和娘叫法和爹跟老大买了个小棺材，找人给法和写了个牌位，装到棺材里，埋了个小坟子。

以后，清明节、七月十五、过年前，法和娘都去烧纸，哭够了再回家。乡政府也给庞家挂上光荣烈属的牌子。

新中国成立以后，法和来信了，一家人都不信，死了那么多年，他咋会来信呢？

庞家找人写了个回信，问："你是法和吗？你要真是法和，回信写明你外号叫啥，你哥叫啥。"

法和回信说："你们咋问些没用的？俺哥叫啥俺还能不知道？俺的外号叫三虾米，俺在家经常吃不饱饭，腰弯。俺现在的腰可没弯了。现在不打仗了，把俺安排在单县面粉厂当工人。"

庞家找人看完信，喜得不行。

第二天，庞家老大去单县看兄弟，法和爹把儿子的坟扒了，把棺材用小车推回家劈了烧火，把坟子平上了。

过了两天，庞家老大回来说："真是俺兄弟，他还活着。"

法和爹问："他为啥这么多年不给家里来个信？"

老大说："他不认字，托人写信得有笔有墨有信纸，打着仗，他到哪儿整那些东西去？"

家里人问："牺牲通知书是咋回事？"

"他们那个队伍，哪次打仗前都点名，打完仗回来还点名。他跟队长闹别扭，出去打仗去另一个队了。点名没有他，以为他死了。"

法和娘问："老二啥时候能回来？"

"过年就回来。"

一九五〇年春节，庞法和真回来了。

法和娘看见儿子又哭了："俺可怜的儿呀！俺以为这辈子见不到你了！"

三家换亲

当年,巨野王家是个中等户,娶的大媳妇光生闺女不生儿子。王家怕断了香火,用几布袋粮食换了个小婆。

娶回来的小婆都当佣人,刷锅做饭,碾米磨面,脏活儿累活儿都是小婆的,生了儿子管大媳妇叫娘,管亲娘叫婶子。

土改以后,王家穷了。三奶奶当了半辈子小婆,有了俩儿子仨闺女,儿子都大个,大脸盘,闺女也长得俊。

人家有钱的,男孩十七八岁就结婚了。王家穷,大儿子大志十八岁了,还没见媒人上门哩。

这天,来了个媒人,媒人说:"三嫂,俺想给大志说个媳妇。"

三奶奶很高兴,赶紧给媒人端茶倒水。

媒人说:"想给大志说媳妇,得三家换亲。三家换亲,下辈子孩子好叫。两家换亲,下辈子孩子就不好叫了。"

三家换亲,是三家的妹妹嫁人,都给哥哥换媳妇。大志的媳妇是用大妹妹大翠换来的,两口子感情很好。

二儿子二志，也没谁给说媳妇。好不容易来了个媒人，也是要三家换亲，用妹妹二翠换，三奶奶不舍得，也没别的好法。三家换亲说成了，三家都给媒礼，三家的礼钱媒人都拿了。

二翠要个有个，要模样有模样，她换亲的李家男孩个头矮，一米三多点。为了给二哥换媳妇，她咬牙嫁了。结婚以后，力气活儿都是二翠的，两口子倒是不打架。

李家的闺女中等个，长得不丑，心眼多，听说刘家的男孩傻，拖了又拖，没结婚。等哥娶完媳妇，她想：反正俺哥有媳妇了，俺才不跟那个傻子结婚哩。她跑了。

李家闺女跑了，刘家男孩还是没媳妇。

为给哥哥换亲，刘家闺女嫁给穷光蛋二志。哥哥的媳妇跑了，刘家闺女心里不平，跟二志瞎闹乱作。

一九七五年，二志大闺女刚出满月，媳妇又作。作得二志一点儿办法没了，叫她回娘家，她不走。她已经结婚了，回娘家再找，一个"后婚儿"找也找不到好的。她就闹，闹得二志喝农药了。

二志喝的农药叫"九一一"，这药毒性大，喝一口就能药死。二志拿着农药，走到自己地里，喝了一瓶，死到自己地里。

有个人从那儿走，一看二志倒在那儿，地上还有个"九一一"药瓶子，知道他是喝药了，仔细摸摸，人还有点儿气，赶快用车把人拉到乡医院抢救，洗肠胃，住院十多天才好。

大夫说，幸亏二志喝的是假农药。

这媳妇作了半辈子，逼得二志半辈子喝了三次农药。人不该死，总有人救。哪回喝药，都要住院十多天。

作了半辈子，媳妇总算想开了，换亲这事不怨丈夫。小姑子二翠长得那么俊，为了哥哥不是也委屈一辈子吗?

（注：文中人物均为化名。）

姑子庵的小姑子

俺七岁那年，住在巨野城里。有个邻居小闺女叫苑明翠，她比俺大两岁。

有一天，苑明翠要领俺到姑子庵去玩儿。不多一会儿，俺俩就走到了。

姑子庵黑大门，大门朝西，门上有一块长方形的木牌子，上面有字，俺不认得。门下边，有两个大石门枕，中间是木门嵌子，进门是个大门洞。

院子不大，有三间堂屋，三间东屋，三间西屋。

堂屋和东屋都有人说话，俺俩没进去，去了西屋。那是俺第一次去姑子庵，也是第一次看见女人剃光头。

有个小姑子八岁，俺知道了岁数，管她叫姐。

小姑子的大爷听见了，跟俺说："小施主，你叫她长生哥哥。"

这屋里有五个姑子，她们像一家人似的，老小都穿一样的衣裳，衣裳、袜子和帽子都是家织粗布的，灰不溜秋。袜子是白的，鞋是黑的，都是自己做的。岁数最大的老姑子，长生叫爷爷。还有个小姑子十四岁，长生叫她哥哥，哥哥的爹她叫大爷，她也有爹。

这屋里有三张床，三个棉花车子都在床上放着，地上还有台织布机。我们进去的时候，老姑子正领着两个小姑子纺棉花，正在织布的是长生的大爷，长生的爹在屋里屋外忙。

屋里一个箱箱柜柜都没有，倒是有个长条桌，桌上摆着四个黄铜香炉。我抬头一看，墙上有张画。

俺问："这个画上的人咋这么多手啊？"

长生的爹忙完了，坐在那儿做针线活儿，她跟俺说："那是千手千眼佛。"

她给俺讲起千手千眼佛的故事，俺没心听。那时候小，不懂事，俺光想着叫小姑子跟着俺们出去玩。

爷爷看俺俩不走，跟小姑子说："长生，你出去玩一会儿吧，别走远了。"

俺仨手拉手出了姑子庵，走到大门外。

苑明翠说："咱去爬塔呗。听俺哥说，曾子南县长拿出钱来修塔，塔修得可好了。"

俺说："咱去看看呗。"

小姑子说："你俩去吧，俺不敢去。俺要是不听爷爷的话，跑出去那么远，爷爷准打俺。听俺爹说，爷爷没少打她，下手可狠了，到现在爹也怕爷爷。"

俺和苑明翠说："她不敢去，俺俩也不去了。"

俺那天带着线蛋，苑明翠带着跳绳，俺仨就在姑子庵大门外玩，玩了一会儿就回家了。

回家路上，苑明翠对俺说："小姑子多可怜，出来玩玩都不行，穿得灰不溜秋。一个小闺女，连花鞋花衣裳都不能穿。"

俺回到家，娘问："你上哪里玩去了？"

俺说："俺和苑明翠上姑子庵，找小姑子玩了，她叫长生，比俺大一岁。"

娘问："庵里是不是还有个十三四岁的小姑子？"

俺说："有。在那儿纺棉花哩。她爷爷没叫她出来玩。"

娘说："前两个月，那个小姑子她爹来找她，要把她接回家。小姑子不愿意走，他爹非要让闺女走，在姑子庵闹了好几天。小姑子没办法了，把她爹告到县衙门。"

"她为啥不愿回家呀？"

"到了县衙，县官问小姑子：'你咋不跟你爹走呢？'小姑子说：'俺爹赌博，抽大烟，把家里值钱的东西都卖了，俺娘气出来一身病，他也不管。俺娘没钱治病，死了，撇下俺姐儿俩，那年俺姐十二，俺六岁。俺爹一看俺娘死了，他转身走了。多亏有个远门的大爷帮俺们，用箔把俺娘卷上，找了几个人，抬出去埋了。打那以后，俺姐儿俩白天要饭，晚上回家住。后来，俺爹又把房子卖了，俺姐儿俩连住的地方都没了，有时候住人家的车屋，有时候睡人家墙根下。有一天，来了几个人，把俺姐姐抢走了，俺在后面追，哭着喊：姐姐！姐姐！姐姐呀！那几个人一个推着，一个拉着，一个赶车，他们把姐姐抬上车拉走了。后来俺听别人说，俺姐叫爹卖到东庄，给一个傻子当媳妇了。俺不能跟他走，俺跟他走，他也得把俺卖了！那时候，多亏大爷好心，把俺送到庵里来。来到庵里，俺有饭吃，有爹疼俺。'县官把她爹臭骂一顿，说：'滚！从今往后，你再缠着孩子叫她跟你走，我把你送到监狱，永不叫你出来！'听说，她那个爹再没来过。"

俺娘还说："姑子庵里的那些人，都是苦命人，好好的孩子，谁往那儿送？"

听说，解放时间不长，这两个小姑子都找了婆家。

贾翠玲逃荒

在百时屯，你要是问贾翠玲，没几个人知道。你要是问继林家里的，都知道，她是俺堂叔伯侄媳妇。

翠玲小名叫大妮儿。十五六岁到生产队干活儿，一个队里大妮儿、二妮儿好几个，队长说："都叫这个，没法给你们记工分，都给你们起个名吧。"

一九五八年，翠玲十八岁，嫁到百时屯姜家，赶上大跃进，吃大锅饭。

一九五九年，百时屯姜来运领人去国庄挖河。翠玲背着行李走了三十多里路，才到国庄。生产队有个磨坊，没有粮食，磨坊用不上，她们几个妇女睡在磨道里，地上铺上草，把被子铺草上。

挖河活儿累，一天给两顿饭，一顿饭给两碗稀粥，一把糖渣。糖渣就是甜菜渣子，这糖渣里有灰渣，吃到嘴里牙碜，咬得咯吱咯吱响。

在国庄挖河半个月，实在挖不动了，翠玲收拾铺盖，说："俺回家。"

那几个妇女问："回家不给咱饭吃咋办？咱还没完成任务哩。"

翠玲说："俺干不动了，你们在这儿干吧。不给俺饭吃，俺挖草根，挖茅根吃。"

一看翠玲走了，那几个妇女也跟着回百时屯了。

队长问了问咋回事，让她们还在队上干活儿，给饭吃，天天给点儿稀粥。

有一回，翠玲去刨林柳疙瘩，给食堂烧火用。刨了一会儿，刨出来两条长虫，吓得她嗷一声跑出去老远。

来成问："六婶子，你看见啥了？"

翠玲说："长虫。"

来成赶紧跑过去看，他把两条长虫抓住，拿到食堂的锅底下，烧烧吃了。

那时候都说长虫有毒，谁也不敢吃，要不是饿急了，来成也不敢吃。在百时屯，不知道谁编了个顺口溜："说来成道来成，饿得来成吃长虫。"那次去国庄挖河，也有人编了个顺口溜："吃饭香不香，想起了去国庄。"

挨饿那几年，饿得百时屯的女人都没月经了。到了一九六二年，掺菜掺糠能吃饱了，百时屯一年添了五十多个孩子，翠玲大儿子就是那年十月添的。

不挨饿了，两口子商量着咋把日子过好。继林先去东北，到黑龙江省通北林业局找俺三哥姜士彦，林业局不要人，他去了海伦县东北，在刘国路大队落户。那时候不少生产队缺干活儿的人，到了就给落户，落户就给粮食。

继林来信叫翠玲跟孩子去。翠玲一个大字不识，也没出过远门，更没坐过火车，就是胆子大。她抱着孩子背着包袱先去章缝，从章缝坐汽车到济宁，从济宁坐三天两夜火车，到哈尔滨东站三棵树，又从三棵树坐一夜火车到通北。

早上五点下火车，天黑着呢，翠玲抱着孩子在票房子（注：候车室）里等天亮。在票房子遇着一个巨野老乡，老乡问她去哪儿，她说去六马架，人家说六马架不远，三里地。

翠玲说："俺不知道东南西北，你给俺指指道吧。"

有了老乡指点，翠玲抱着孩子背着包袱摸黑走。刚下火车，浑身都冷。走了三里地，走出一身汗来，天还没亮哩。

走到路边第一家，她拍门问："姜士彦家在哪儿住？"

她这一喊，先把狗喊起来了，这里家家都有狗，汪汪汪使劲叫。

拍了十多家的门，才找到俺三哥家。

三哥已经起来了，正想去车站接她们母子哩。

在俺三哥家住了一天，翠玲去海伦投奔继林。

他们在刘国路大队油坊小队住了几个月，那儿的人对他们很好，可他俩不想待了，那儿的水不好。

油坊小队在山根下，挑回来的水清亮亮的。放上一夜，水缸里漂一层红色的黏沫子，跟铁锈似的。听说，吃这里的水活不大年纪，年轻妇女好得大骨节病。

那里招户不好招，来了不叫走。

两口子商量：咱是出来逃命的，哪能到这儿送命？

刚置办的锅碗盆勺啥都不要，一家三口背上铺盖偷着走了。

翠玲有个表姐在讷河县讷南公社落户，他们投奔讷河，想在那儿落脚。那里都是山东人，在那儿落不了户，他们在人家家里住了五十多天。

表姐说："俺家粮食多，不用愁吃的。"

人家再好，总在人家住，也不是长法。

听说讷河西北二克浅公社好落户，他们坐汽车去了二克浅。

那是一九六三年阴历四月，那天风大得很，翠玲跟继林说："在这儿俩眼一抹黑，咱谁也不认识，你看看能不能找点儿活干，俺先抱孩子要饭去。"

翠玲要了一上午饭，要到些吃的。她想再要点儿，抱着孩子往北大岗走。从岗上下来两个骑自行车的人，他们骑到她跟前停下，有个人一口山东腔，问："要饭的，你从哪里来？"

翠玲说："山东。"

"你男人能干活儿不？"

"咋不能干呢？二十多岁的人啥都能干。"

这个人说："你别要饭了，你这么瘦，别让风给你刮跑。你到前面屯子找王队长，叫他给你们安排住处，五队不留六队留，六队不留一队留，你们就留在俺文化大队吧。俺叫姜振德，你就跟王队长说，是姜振德叫你找他。"

旁边那个人说："这是俺大队的姜支书，你快去吧，俺俩得去公社开会。"

翠玲找到王队长家，队长媳妇说："你都不用说了，姜支书刚才来电话了。"

王队长把他们安排在二队，帮着借房子住下了，家里还是啥都没有。多亏二队的人好，啥都借给他们。当时正种土豆，好几家给他们送来土豆，当土豆栽子。

继林和翠玲都实在，干活儿不偷懒，队里的人都喜欢。有个打头的姓张，都说他家嘎（注：小气），他家嫂子拉着翠玲的手说："他嫂子，俺家里的东西，只要用得上，你随便拿。"

第二年春天，姜振德来找继林，问："你盖房子不？"

继林说："俺没钱，盖不起房子。"

姜振德说："没事，俺帮你。"

他给继林批了一方木材。

那时候，黑市一根檩子十三块钱，姜支书批的木材一根檩子才两块钱。

有块空地上面都是荒草，继林想在那儿盖房，队上的人说："那个地方挖出过一筐蛤蟆，谁也不知道底下还有啥东西，都不敢在那儿盖房。"

翠玲说："咱逃荒的，怕啥？没那么多说道。"

盖房子来了不少人，干打垒的土墙，两间房子一个星期盖起来了。烧干炕，就搬家了。

一九六四年冬天，翠玲干活儿，叫针鼻儿扎着小手指头，手指头发炎，肿了。

有个邻居说："你把独角莲疙瘩砸碎，用抽烟的唾沫和和，和好了，糊到手指头上，这叫以毒攻毒。"

独角莲跟蒜疙瘩似的，用这法一整，手指头没好，连胳膊也肿了，肿得明溜溜的，很吓人。

大家都说："赶紧去医院吧。"

继林到大队借钱，队里借给他二十元钱。

他们去了讷河县人民医院，看完病，大夫说得住院。办住院手续，人家管他们要二百块钱押金。

继林说："这是队长借给俺的二十块钱，俺得留十块钱吃饭，先给你十块钱押金，剩下的钱俺再给你送来。"

人家不同意。

继林识字，他指着医院墙上的字说："那不是毛主席语录吗？毛主席教导我们：救死扶伤，实行革命的人道主义。俺家里的病看晚了，要是再耽误，胳膊就得锯掉，你们这是救死扶伤吗？"

毛主席语录管用，人家让翠玲住进医院。

继林回到大队，管队长借钱。队长说："住进医院就没事了，啥时候把病治好，啥时候咱出院。医院管你要钱，你就往大队推。医院要是管我要钱，我就说：'他就两间小屋，你扒他屋子吧。'我看谁敢？"

翠玲在医院用上药，胳膊慢慢不那么肿了，手指消肿以后，小手指头去掉一节。

二儿子才十个月，两个儿子总在家哭。继林想把屋子烧热点儿，他把没烧完的柴火都塞炕洞里，上生产队干活儿了。

干完活儿回家，没有孩子哭闹声，屋里一股烟味。再看，炕上两个孩子，都呛死了。

继林不知咋好，赶快找生产队大夫。

大夫说："孩子没事，我这就俩办法。家里要是有梨，你给孩子灌梨水。还有一个办法，就是把孩子放在风口里，让风吹。"

那时候十一月份，哪有卖梨的呀？继林跑回家，把两个孩子放在风口，风吹了一会儿，两个孩子都活过来。

翠玲在医院住着，她没钱买菜，光买两个馒头，喝点儿开水，医院总管她要钱。

有人给她出主意，叫她找"社教"。

她不知道"社教"是干啥的，人家叫找，她就找。那屋里有两个闺女，她把难处一五一十说了。赶上中午开饭，俩闺女给翠玲买了两个馒头、一个菜。等翠玲吃完饭，她俩从兜里掏钱、掏粮票，一共给翠玲三十块钱、三十斤粮票。

翠玲知道这钱是人家的工资，粮票是人家的口粮，她不要，人家硬塞给她。回到医院，她越想心里越不得劲，钱和粮票一点儿没动，出院前去了一趟"社教"，还给人家，两个闺女都乐了。

翠玲住了一个月院，手好了，想出院，医院的人说："不能出院，你还没交钱呢。"

继林去找队长，队长说："我给你开个介绍信。"

继林拿着介绍信去找医院领导，说："俺不愿意占国家的便宜，实在是没有钱。以后挣了钱，俺一定还住院钱。"

领导看了看介绍信说："我们医院和你们大队没有对应关系，你这个介绍信没用。"

继林把介绍信拿到手里撕了，撕碎扔进纸篓。

人家说："你别撕呀！"

"你不说没用吗？要它干啥？"继林说，"介绍信你也看了，俺家里的病也好了，俺感谢人民医院。俺家还有俩孩子，一个两岁半，一个不到一生儿（注：生日，一生儿即一岁），你要留，留下俺一个人吧。"

一分钱没再拿，人家让翠玲出院了。

两口子都能干，日子越过越好。前后园子地方大，他俩种烟叶，卖烟叶的钱百十来块，顶上卖一头大肥猪了。生产队这边，一个劳力一个工作日一块钱，也不孬，过日子用的都置办齐了。

一九六九年，珍宝岛那边打仗，家里老人惦记了。三五天来封信，催他们回去，说天天晚上睡不着觉。

没办法，翠玲领孩子先回老家，收拾完秋，继林再回去。

六年前，翠玲抱一个孩子来。六年后，她带四个孩子回去，领着一个七岁的，一个五岁的，抱着一个六个月的，背着一个两生日的，还有一个大包袱，里面包着两个小被。

队长赶马车送，问翠玲："你还来不？"

翠玲说："来！"她心里知道，来不了了。

继林坐马车把娘儿五个送到讷河，从讷河送到齐齐哈尔，回去了。翠玲领着孩子从齐齐哈尔坐火车到沈阳，从沈阳坐火车到兖州，从兖州坐火车到济宁，从济宁坐汽车到章缝，在章缝雇了个地排车，花两块钱，走了十二里地，这才到了百时屯。

那时候没啥快车，火车票都是通票，你买了讷河到济宁的票，

2014年9月，姜淑梅回百时屯"上货"。左一为贾翠玲。艾苓摄。

2014年9月，姜淑梅与贾翠玲（中）、姜继林（右）合影。艾苓摄。

往关里去的火车都能坐。哪趟车都挤，上车不容易，哪次换车都得签字，排队排得老远。遇到新出门的，翠玲还帮人家买票、签字。别人都说翠玲能，她是真能。

翠玲从东北回来，再没回去过，继林回去找过活儿干。他俩都说："黑龙江这地方人好，没待够。"

娘　亲

巨野有个杨官屯，杨家祖上先在这里落脚，吕家是后到的，人丁旺。分队的时候，杨姓一个小队，吕姓七个小队。

吕云莲的奶奶有两个孩子，姑姑结婚后，在婆家日子不好过，跳坑死了，光剩爹。

一家人都盼着娘生男孩，娘接二连三生闺女。

云莲是四妮儿，一九四二年生，小五还是闺女。

这地方有说道，不出满月不晒被。娘生自己的气，觉得对不住爹，月子也不当月子过，啥活儿都干，成天晒自己的被，得产后风死了。那时候云莲才两生日，五妹没活几天，也死了。

没隔多长时间，爹娶了后娘，后娘比爹小十六岁，比大姐大两岁，爹稀罕后娘。

开始姐四个都听后娘的话，时间长了大姐跟后娘总拌嘴，闹得很了，奶奶没办法，说谁谁不听，奶奶就说："四妮儿，去找你达达（注：爹）。"

爹一进家门，谁都不敢说啥，家里可肃静了。

小时候，云莲最不爱走亲戚。

奶奶常带她回娘家，奶奶没了闺女，在家憋着不敢哭，看见那些老姐妹，奶奶说一回哭一回。姑姑没的时候，云莲还不记事，奶奶哭她就跟着哭。

大姐有时候带她去姥娘家，姥娘原本四个闺女一个儿子，四个闺女都不在了，姥娘哭，大姐哭，她也跟着哭。

后娘回娘家，也愿意带她，后娘娘家没啥东西，墙也矮，她爬墙头玩。后娘家姥爷看见了，喊："快下来，别砸死你！"她不知道墙头要倒，以为姥爷嚷（注：训斥）她，再不愿意跟着走亲戚。

云莲是奶奶和姐姐拉巴大的，八岁的时候奶奶去世。

十一岁那年，爹娘商量让她上学。小学毕业后，她去夏官屯上初中。

一九五八年，她上初中第一年，爷爷到学校找云莲，说："你

吕云莲（左一）
和三姐吕美荣的合影。
吕云莲提供。

大姐从城里拉回来，不行了。"

大姐的婆家在大姚庄，云莲去的时候，大姐已经不会说话了。

七八天后，大姐死了。

姐夫想大姐，时间不长也死了。撇下一男两女仨孩子，奶奶家养男孩和二闺女，姥娘家养大闺女。

后娘把六岁的外甥女接来，拉巴到她嫁人。

夏官屯有会，她跟同学去赶会，会上有玩上刀山的，卖票。同学兜里有钱，买票进去，云莲没钱买票，也想进去。

看门的拦住她，大声说："你没票，不能进！"

十几岁的大闺女让人家拦住，她扭头就跑。打那以后，话越来越少。

云莲爱唱歌，嗓子好，亲戚都说："四妮儿唱得邪（注：很）像！"同学也说："吕云莲唱得好！"

老师期末写鉴定，上面常写两句话："优点：爱好文体活动；缺点：性格孤僻。"

她问老师："啥叫'性格孤僻'？"

老师说："就是不爱说话。"

她这才明白了。

初中第二年，她没棉鞋穿，也不知咋护脚，脚冻烂了。

有一天，邵老师看见了，问她："你走路咋瘸瘸的？"

云莲说："俺脚疼。"

邵老师说："你脱下袜子我看看。"

云莲脱了袜子，两个脚上都有冻疮，脚后跟都裂开一寸多长的血口子。

邵老师叫伙房烧了热水，让云莲泡泡脚。

这回泡坏了，腿脚都肿，一条红线从脚红到大腿根，大腿根上还鼓了个大疙瘩。

邵老师吓坏了。

第二天借了一辆地排车，两个男同学拉着，他们一起上县城医院。

大夫说："大腿根这个包，出了脓才能好。"

老师和同学把她送回家，十天以后大腿根出脓了，三个窟窿眼往外淌。

后娘叫来近门子嫂子，给她往外挤脓，用黑老鸹头碗接，接了半碗，她月把（注：一个月左右）没下床。

近门子哥到外庄买药，嫂子给她在三个窟窿眼里上了三个药捻子。又过月把，她下床了。

耽误上学两个月，爷爷用小红车子把她推到学校去，她瘸了一年多才好。

有个同学说："以为你得落下毛病，当瘸子哩。"

大家都笑了。

一九六〇年，云莲虚岁十九，在伙房干活儿的本家二叔跟她说："家里捎信，让你回家哩。"

她问："啥事？"她就怕家里不让她上学。

二叔见她害怕了，才说："给你介绍对象哩，一个庄的，咱家在十队，他家在二队，他在外当兵上军校，他爹是大队干部。

你们先见见面，成就成，不成就散。"

两个人见了面，都相中了。杨中秋大高个，长得方正，当时在徐州坦克军官学校上学。他打炮准，参加过军队里的大比武。

一九六一年初中毕业，云莲考上巨野师范学校。

暑假里，中秋回来探亲。

介绍人说："你俩明天进城听戏去呗。"

云莲说："中。"

第二天是八月一号，早上中秋骑自行车过来，驮着云莲到巨野县城看了场电影。

回来的时候，中秋说："咱到夏官屯乡政府转转呗。"

云莲说："中。"

到了乡政府一个门口，中秋说："你在这儿等我一会儿，我进去看看有人不。"

杨中秋和吕云莲 1962 年春节在浙江金华合影。吕云莲提供。

20世纪60年代，师范学校毕业后，吕云莲（左一）作为巨野县文艺骨干，参加菏泽地区文艺汇演，参演的是载歌载舞的《生产大合唱——二月里来》节目。此照为吕云莲与表演节目的同台姐妹合影。吕云莲提供。

中秋进去，偷着把结婚证办了，把云莲驮回家。

杨家门里门外很多人，一个个都笑呵呵的，云莲不知道咋回事。

进院子一看，人家啥都准备好了，烟，糖，管事的，毛主席像。管事的吆喝几句，中秋拉着她在毛主席像前三鞠躬，就结婚了。

结婚以后，云莲去巨野师范学校上学，她是学生会文艺部长和体育部长。毕业后，她分到县城实验小学，没咋上课，不是参加排练，就是参加演出。"文革"后期，上面让哪儿来的回哪儿去，云莲回到学校，在章缝、六营都待过，最后回杨官

吕云莲的父亲和继母合影。摄于1994年。吕云莲提供。

屯落脚，教音乐，也教数学和语文。

中秋从军校毕业后回到部队，看不惯的地方光想说，领导不待见，结婚七八年后复员回家，在农村当了两年生产队长。这批复员的四十一万人，总有人到北京上访。两年后，国家都给安置了工作，县里把中秋安置到公路局，他在那儿干到退休。

云莲有三个儿子一个闺女，闺女十五岁没了，她病了两年。打那以后，再没教过音乐，也没唱过歌。

二〇〇〇年，云莲的爹去世，活到八十七岁。

后娘今年八十九岁了，生活能自理，就是吃药记不住，云莲给她把药包好，上午的包在一块，下午的包在一块。她们都在杨官屯，以前后娘愿意在自己家住，她把吃的用的送过去，天凉了再接到她家来。这两年自己过不行了，她把后娘接来一起住。

后娘心眼好，虽说这辈子没生养，可她带大好几个外孙子、外孙女，这些孩子经常回来看姥娘。

云莲姐妹四个，现在剩她自己，她跟俺说："现在我是娘最亲近的人，就该我管她。"

她一口一个娘，叫得很亲，要不是有人跟俺说，俺还以为她们是亲娘儿俩哩。

敲　碗

姥爷没了，姥娘住到家里看大孩，大孩一岁半。

这年雨大，大孩家是洼地，庄稼都淹了。没有办法，往外逃吧，到收成好的地方要口饭吃。爹、娘、姥娘和大孩逃到沾化，找了个车屋住下。

车屋在房东院外，没有门，平常放个车。收完秋，不用车了，谁愿住就住，不用问谁家的，在车屋外支个锅，就能过日子。爹娘出去要饭，姥娘看着孩子。

在沾化住了不到一个月，黄河开口子了。

听说黄河开口子了，沾化的人想法子赶快逃命。逃不出去的那些人，有的爬上瓦房，有的爬到树上。

爹娘把姥娘和大孩放到房东家谷草垛上，两口子上了房顶。

娘在房顶上哭："谷草垛要是冲开，那娘儿俩都得淹死。"

爹劝娘："他姥娘五十多岁，够本了。孩子淹死，咱还能生。"

水来得又快又猛，爹跟娘待的房顶是土房，房子泡倒了，娘抱着个房木不撒手，爹不知冲到哪里去了。

娘抱着房木，让浪冲到水边。走上高岗，回头看水，一眼看不到边。

水边有从上面冲下来的房木、烂草，也有淹死的人，娘放声大哭："娘啊，你和孩子的尸首在哪里啊？"

她一边哭，一边喊，一边找。

那谷草垛没叫水冲开，娘儿俩坐在谷草垛上，也给冲到水边了。姥娘抱着大孩，没淹着，正愁呢。

娘找着这娘儿俩，喜得不行。

姥娘问："他爹呢？"

娘说："不知给冲到哪儿去了。他爹会扒水，还会踩水，淹不死他。"

啥都不剩了，娘抱着大孩，领着姥娘，要饭回家。

到家以后，娘问婆婆："你儿他回来了吗？"

婆婆说："没回来。"

娘想起黄河开口子水浪急，会扒水也用不上，知道丈夫淹死了，她先哭了，一家人哭成一片。

娘留在李家守寡，眼巴巴地守着大孩长大。别人家男孩七八岁中用了，到地里帮着干活儿。大孩七八岁，娘叫他上学。

十二岁那年，同学都爬到树上，再从树上往下跳。人家跳下来都没啥事，大孩摔断了骨头，找先生接骨，没接好，瘸了。

到了二十多岁，还没说上媳妇。

一九五九年，李大孩二十六岁了。

屯子里吃大锅饭，食堂缺个司务长记账、算账。大孩念过书，当了司务长。

大孩当了司务长，媒人就来了。

给他说的小闺女十四岁，个头一米三，快要饿死了。

婚事说成，就结婚了。那年头结婚，啥说道都没了，牲口都饿死了，人都没钱，衣裳也不用买，去个双轮车把人拉来，就成亲了。

大孩结婚晚，管新媳妇叫嫂的人很多，谁去看新媳妇，新媳妇都害怕。有个邻居媳妇长得高大，一米七二，一百六十多斤，进门就喊："嫂，嫂，俺过来看看你。"

新媳妇抬头看她一眼，啥都没说，吓得扭开身子，两手放在胸口上。

大孩娘把邻居拉到一边，小声说："你以后别叫俺儿媳妇嫂了，她害怕。再跟她说话，小点儿声。"

一九六二年，不挨饿了，大孩媳妇长个儿了，也胖点了。只要她能干动的活儿，都不叫男人干，说他腿脚不好。她还天天做好饭，等着男人回来，一碗一碗端到男人跟前。

邻居媳妇过来借东西，看见大孩敲两下碗，大孩媳妇赶紧过来收拾碗筷。

邻居媳妇问大孩："哥，你这是干啥哩？"

大孩说："俺敲一下碗，是叫你嫂舀碗；敲两下碗，就是俺吃饱了，叫她把碗端走。"

邻居媳妇说："你找的是小指使妮儿还是媳妇啊？你咋这么牛啊？"

大孩不答话，光嘿嘿笑。

大孩媳妇个头不高，奶水好，给大孩生养了一帮孩子。

这个邻居媳妇是俺亲戚，她跟李大孩都在巨野乡下。

（注：李大孩为化名。）

大姚班

康熙十二年,曹县李家有个剧团,唱戏的时候叫人家摞箱了。摞箱,就是把你这个剧团的东西没收,不让你演了。

曹县李家跟巨野城角姚家是朋亲,他们找到城角姚楼。姚家十三世里有个姚遂远,那时候是安庆知府,他出面,把没收的东西要了回来。

李家拿到东西,合计了下,都说:"咱别玩了,没权没势的,玩不了戏班子。"

李家把东西送给姚家,姚遂远接箱后,又花钱装备了装备,戏班子取名全盛班,也叫大姚班。大姚班从那以后演练起来,姚遂远成了大姚班第一位班主。

也有的说,接箱的是姚家十七世姚孔硕。姚孔硕是城东乡里长,管巨野四十八个庄,还管城东门防务。

还有的说,接箱的是姚家十八世姚良才。姚良才是十营统领,专门保护慈禧太后。八国联军进北京的时候,慈禧命令他看守颐和园。洋人进北京又烧又抢，把他吓迷瞪了，告老还乡以后办起大姚班。

后两个说法也就是说说，后面这两个人大概都当过大姚班班主，大姚班的历史三百多年，姚家有过九位班主。

班主这活儿不好干，你先得把戏批出去，有人请戏，戏班子才不赔钱。要是戏批不出去，你得掏钱养着艺人，供他们吃住。请戏、看戏的啥人都有，有当官的，有有钱的，有小混混，有平民百姓。出去唱戏，你得操心不出乱子，出了乱子你也得想法收拾。

听俺婆婆说，以前，有的戏班子有女戏子。要是戏唱得好，模样也好，唱着唱着戏，就上来几个人，说把人抬走就抬走了。

大姚班有姚家撑腰，戏子没谁敢欺负。唱戏的穿戴新，在俺老家那儿说"箱好"。有了这两样，唱戏唱得好的艺人，都愿意到这儿来。以前唱得不大好的，到了大姚班，声音都好听了。大姚班还招了不少孩子，让老艺人教他们学唱戏。

来巨野的戏班子不少，有唱山东吕剧的，有唱河南豫剧的，还有唱柳子戏和两根弦的。大姚班主要唱山东梆子，也唱两根弦、大平调。大姚班的戏批到哪里，得先把戏折子亮出来，叫人家点戏。戏折子往外一拉一米来长，不用了再合上。

戏折子也叫戏单。别的戏班子，戏单是红布折叠，外镶金边，两头木板，一丈长，四寸宽，正面写"桃园三结义"，底面写"刘海戏金蟾"。大姚班的戏单不是红布做的，用纸裱糊，像以前的账折子，两面是木壳，上面有凸起的字"姚记·全盛班"，底面是"大姚班"。每个折上横一竖二列三出戏，一共列四百八十多出戏。

有的戏迷看戏看多了，把大姚班的戏名编成顺口溜，说起来一套一套的：《头冀州》《二冀州》《姚刚征南》《对抓钩》，《打金枝》《骂金殿》《曹庄杀妻》《牧羊圈》，《借妻》《堂断》《钻鬌圈》，《斩子》《骂阎》《渭水河》《哭头》《跑坡》《临潼山》……

戏班子都敬神，大姚班敬的是小郎神。小郎神是枣木做的，六七十公分高，黑脸大汉，外穿绸子衣裳。不管到哪儿唱戏，小郎神一路压箱，保佑平安。到了地方，戏班子先把小郎神请出来，摆上供，烧上香，磕完头，再开戏。

唱戏唱到腊月二十，就不唱了，艺人各回各的家，忙年去了。姚家班主把小郎神请到大厅房供上，年年都要做身新衣裳，给小郎神换上。

正月初五艺人都回来，这一天，先得晾箱，在姚家家庙唱戏，在姚楼晾完箱，第二天就出去唱戏了。

大姚班最后一位班主叫姚念集，也有的说是姚良才的孙子姚宝元。

俺在巨野听到的是姚念集的故事。

民国开始那几年，咱国家乱，大姚班不演戏了。

姚家二十世姚念集是城东乡的里长，有天晚上他做个梦，梦见老郎神，老郎神跟他说："念集，你还得把大姚班办起来。"

姚念集醒了，头上冒汗了。他有一顷来地，卖了二十亩地，到南京、上海买唱戏用的东西，找来老艺人，重整锣鼓，大姚班又开戏了。

土改的时候，给姚念集定的成分是地主，他把戏班子交给别人。新中国成立以后县政府接管，成立了巨野县大众剧团。

以前艺人不用大号，用艺名，大姚班有名的艺人多："大麻子"唱黑脸，大号张学为；"窦发"唱红脸，大号窦朝荣；"大洋马"唱红脸，大号于衍寅；"刘三"唱旦，大号刘云亭；"小立楞"唱老旦，大号宋玉山；"二洋驴"唱红脸，大号石维先。解放以后，这些人都是大众剧团的台柱子。

听婆婆说，大洋马长得人高马大。家在河北，是大户人家，家里人不叫他唱戏，谁说也不听。他爹没办法了，整来些牛耳茸，让佣人把牛耳茸放到水里，硬给他灌。大洋马不张嘴，他们捏他的鼻子。大洋马喘过气来，一张嘴，他们把东西灌进他肚里。

大洋马喝了牛耳茸，嗓子哑了，说话都没音。嗓子刚好些，他又走了。家里人一看管不了，就不管了。

这次回老家，找到知根知底的人，知道这是瞎话。大洋马是巨野人，家是田桥李海的，先唱丑，后唱红脸。

二洋驴是俺百时屯的，他也是大个子，小名黑孩，百时屯人都叫他二黑。二黑有个闺女，俺见过，长得很白净。他家的孩子到戏园子听戏，不用买票，一挽手腕，人家就知道咋回事。

小立楞唱得好，演得也好，人家都说："金铃铛，银铃铛，不如小立楞的一硌晃。""硌晃"是土话，小脚女人走路不稳，晃晃悠悠，俺那儿就说这是"硌晃"。小脚老太太走路一硌晃一硌晃，小立楞学得太像了。

俺八岁那年，在巨野城里住，常去傅大娘家玩。邻居小玲比俺大一岁，小琴比俺小一岁，她俩都想学唱戏，俺仨一起去了大姚班。大姚班的人先让走两步，再让唱两句，走完了唱完了，人家说："行，你们仨明天过来吧。"

想着满脸擦粉，戴凤冠穿戏服在台上唱戏，俺心里可美了。回到家，俺跟娘说："你叫俺去学戏呗。"

娘说："不中。你要是学唱戏，外人笑话死俺了。唱戏的，是下九流。"

俺问："啥叫下九流？"

娘说："修脚的，搓澡的，吹响器的，叫花子，窑子里的女人，都是下九流。在下九流里，唱戏的最孬。"

大姚班艺人刘云亭之女刘桂松，后来成为国家级非物质文化遗产山东梆子传承人。此为20世纪80年代刘桂松剧照。姚继平摄。

娘说了很多，就是不让去。娘身体不好，谁都不敢惹她生气，俺也不敢。

俺十五岁那年，听过一次大姚班的戏。那时候早就解放了，大姚班改叫大众剧团，老百姓改嘴难，还叫他们大姚班。

那回，他们在杨庙唱戏，杨庙离百时屯二里多地。正月初八，女人不能做针线，俺嫂领俺去听戏。听戏的人很多，傅大娘家的傅二嫂回娘家，她也去杨庙看戏了。

出来一个花旦，傅二嫂说这是小玲；后来出来个小生，她说这是小琴。七八年不见，她俩都化妆，俺可认不出她们。

看完戏，俺跟嫂回家。以后，再没见过她俩。

女戏迷

刚解放的时候，巨野有个戏班子叫两根弦，也叫两夹弦。戏班子有四大名角：小白鞋，二摆腔，小蜜蜂，一阵风。这本来是戏迷给她们起的外号，叫着叫着，成了她们的艺名，没几个人知道她们姓啥叫啥。

小白鞋戏响的时候，俺已经结婚了，整天在家织布纺棉。听说，她不唱戏的时候爱穿小白鞋。巨野还有一句顺口溜："扒了屋子卖了橡，也得听小白鞋的两根弦。"

有一回，戏班子在巨野仓集搭台子唱大戏，唱了四天。让刘庄寺请去，又在刘庄寺唱了四天。有些人听戏听迷了，这个戏班子唱到哪里，跟到哪里。这得是闲人，有工夫跟着听。女人一般没有这闲工夫，迷上戏也怪有意思。

有个媳妇领着孩子听戏，孩子要吃落生（注：花生），她领着孩子去买。

这媳妇跟卖落生的说："俺买一斤小蜜蜂。"

卖落生的说："俺卖落生，不卖小蜜蜂。"

这媳妇羞得脸通红，赶紧走，去另一家买了。

还有个媳妇，白天听了一天戏，夜里又抱着孩子听灯戏。听着听着，想起来孩子该吃奶了，奶奶孩子吧。她呆着脸看着戏，解开扣子奶孩子，奶头疼。

她打孩子一下说："你咋咬俺？"

一打才知道不是孩子，是京瓜，京瓜根扎奶了。

这媳妇害怕了：哎呀，俺的娘呀，孩子在哪儿哩？

想了想，她到过京瓜地，叫京瓜秧绊倒了，赶紧起身，往京瓜地跑。到了京瓜地，没找着孩子，找到一个枕头。抱着枕头往家跑，到家一看，孩子还在床上睡着哩，脸上有泪。

还有一家，婆婆和媳妇听两根弦的戏听了一天，回家了。这婆媳俩都是戏迷，儿媳妇唱着两根弦的调问婆婆："娘呀娘，做啥饭呀？嗯……"

婆婆唱着答："蒸呀蒸干粮，嗯……烧呀烧米汤，嗯……炒个萝卜菜，嗯……"

以前唱戏的都是男人，冷不丁地来了四个坤角，长得好，唱得好，越看越爱看，越听越爱听，都迷了。

咋吃"发面窝窝"

从前，俺那里拉巴个闺女，干啥啥不行，再老实，结婚到婆家受气。爹娘去看闺女，走到婆家问个好，坐那里喝水的时候，婆婆数落，你闺女这不好那不对的。俺那儿不叫数落，叫"发"，爹娘听婆婆数落闺女叫"吃发面窝窝"。

俺有个邻居兄弟五个，论辈分是俺侄子辈。老大结婚以后分家另过，二媳妇和三媳妇一人做一天饭。二媳妇干啥啥不中，三媳妇干啥啥中。

俺听三媳妇说，二嫂的娘常来看闺女，来一趟，婆婆发一回："你闺女蒸干粮都蒸不熟，炒萝卜菜啥味没有，锅里都是咸盐疙瘩。你闺女给俺儿做个褂子，针脚也大，缭的托肩针脚都露外面，像一圈大虱子趴着。"

二嫂的娘净说好的："俺闺女不会干活儿，叫你费心了，你多担待吧。"

哪次来，她都是上午来，下午走，几天来一趟，就怕闺女受气，想不开了上吊。

婆婆看不上儿媳妇，又对儿子说："这样的媳妇，你要她啥用？不如休了她。"

老二说："俺媳妇没有错，俺看着挺好哩。你说人家，骂人家，人家不跟你犟嘴。人家娘来了，你不当客人对待，还发人家娘，人家啥都不说。俺媳妇哪天都不少干活儿，不会干活儿，这不整天学吗？俺不休她，俺舍不得休她。"

有一天，二媳妇做十口人的面条，把面条煮成疙瘩了。到俺那儿，男人吃饭在外边，哥四个蹲在一块吃黑天饭。那哥仨吃出来大面疙瘩，都往老二碗里夹，老二的碗里一会儿就满了。老二跟他们说："俺先吃一会儿，你们等会儿再夹。"

邻居都说："老二是好样的，不打媳妇。"

老二从小聪明伶俐，十八九岁的时候跟日本鬼子做过事。日本鬼子投降了，他成了汉奸，好几年没谁给他说媒。后来娶了这个媳妇，长得不好看，啥都不会干，就是脾气好。

没事了，老二常到俺家坐会儿，跟俺两个嫂说他家里事。他说："俺这一家人都瞧不起俺媳妇，俺娘更是一点儿也看不上她。俺再不对她好，她就剩死路一条。俺媳妇为俺来到老姜家，俺不对她好，丧良心。"

第二年，二媳妇生了个男孩，很好看，小脸又白又嫩。当奶奶的不喜欢他娘，孩子长得再好，她也不喜欢。中午的时候，俺常看见二媳妇拉过来一张小席，铺在树荫下，叫孩子坐小席上，她赶忙做饭去了。那孩子哇哇大哭，他娘都没回头看一眼。男人都去地里干活儿了，晚了饭可了不得。

在这个家里，二媳妇很少说话，一天天闷头干活儿。到做饭的时候，问婆婆："娘，咱做啥饭？"

婆婆说做啥饭，她就去做。做好了，还好。做不好，婆婆连数落带骂："你娘个屄！没吃过猪肉，你没见过猪走呀？就这点活儿，你娘都没教会你？"

婆婆骂够了，二媳妇接着干她的活儿，一句话都不说。

俺那里都盼麦子熟了，吃白面馍馍，吃白面单饼，喝白面条子，这是过了麦的家常饭，可二媳妇还得吃黑面干粮。这可不是婆婆不叫她吃，她吃了白面干粮肚子疼，疼得受不了。听说她也馋，肚子不叫她吃。

收完麦，二媳妇的娘又来了。

刚坐下不大会儿，婆婆又开始发了："你闺女煮面条，都煮疙瘩了。切胡萝卜咸菜，切得像板凳腿。给俺儿做的鞋，缝鞋的针脚骑着驴戴着草帽子都能钻过去。"

这回，来吃发面窝窝的二媳妇娘恼了，她拿出闺女做的鞋对亲家母说："俺不叫你骑驴戴草帽子，你现在给俺钻过去看看！"

婆婆发惯了，知道这娘儿俩都老实，亲家母忽地翻脸，她傻了，没话了。

二媳妇娘说："你说俺闺女切的胡萝卜咸菜像板凳腿，你家多大的胡萝卜，俺闺女能切出板凳腿来呀？俺知道俺是低头亲戚，光教闺女织布纺棉，没教她做饭炒菜，俺忍了再忍。俺忍了两年多，你得寸进尺，得尺进丈，俺来一趟，你发一趟，没叫俺心里好受过。"

二媳妇娘哭了，她边哭边说："一个月不来，俺在家就做噩梦。有一回梦见闺女上吊了，俺起来没吃饭，就往你家跑。到了你家，看见俺闺女还活着，出了你的门，俺就哭。要不是惦记闺女，俺到你这儿来干啥？"

婆婆没啥说的，用鼻子哼哼了几声，进了屋。二媳妇娘在院里大声说："你的孙子俺不要，俺把闺女领走了，啥时候她会做活儿了，俺再送来。"

二媳妇舍不得扔下孩子，哭了，她娘说："孩子死不了。"她扯着闺女的手走了。

第二天一大早，老二抱着孩子来到岳母家，说孩子没奶吃，哭了一夜。那时候没有奶粉、饼干，喂孩子就喂白馍，孩子吃奶吃惯了，不吃别的。

二媳妇接过孩子喂奶，岳母问老二："你打算咋过呀？"

老二说："婶子，你叫她跟俺回去吧，俺分家。"

岳母说："你分完家，俺再叫她回去。"

分完家，老二把娘儿俩接回家了。

这么厉害的岳母没几个，赔不是赔笑脸的是大多数，老实听着亲家母数落闺女，这样的爹娘都说自己是"低头亲戚"。那时候有个唱："发面窝窝不硌牙，撑得她娘往家爬。"

有一回，俺到菊个家玩，看见菊个爹在那儿闷头吸烟，很生气的样子。俺偷着问："你爹咋生气了？"

菊个说："姐姐的婆家在贾楼，姐夫在上海，婆婆和姐姐生气了，捎信叫俺爹娘去。"

俺问："他俩都得去啊？"

菊个说："不知道。"

待了好长时间，菊个爹跟菊个娘说："你别去了，你脾气不好，再跟人家干起来。俺知道，去了就得吃发面窝窝，没办法，谁让咱是低头亲戚？"

百时屯到贾楼不到三里地，没吃中午饭，菊个爹就领着菊个姐姐回来了。回到家，菊个爹还是生气："她那个婆婆可能说了，那嘴巴巴的，俺叫人家发个够。俺明白知道，闺女在婆家受了很大委屈，还得给人家赔礼，说俺没理料出好闺女，叫老嫂子生气了，俺把她接走，回家好好说说她。俺是怕孩子想不开，寻死。"

过了一个多月，菊个的姐夫从上海回来，把姐姐接走了。

二〇一三年秋天，俺回百时屯，跟俺年纪差不多的，好些人不在了，二媳妇还活着，八十八岁，牙都掉了。饭桌上，她吃了一个大白馍，看样肚子不疼了。

剪花样

俺老家的闺女，过去都兴穿扎花的鞋。娘手巧，小闺女就穿好看的花鞋；娘手笨，小闺女鞋上也有花，就是不好看。

那时候，鞋上没花，叫"瞎鞋"，哪家闺女都不穿瞎鞋。

十五六岁的闺女，穿的花鞋不好看，没谁笑话她娘，都说这闺女手不巧。

扎花得先剪花样，剪好了粘到鞋面布上，再用二十多种颜色的花线一针一针扎，很慢，等把花样用彩线一针一针都盖上，花鞋就扎好了。

多数人不会剪花样，百时屯的邻居都找俺大嫂剪花样。依俺看，大嫂剪的花样不太好看，有钱的、要好的都到会上买花样。人家卖的花样，比大嫂剪的花样好看多了。

小时候，俺穿的花鞋都是大嫂二嫂做的。到了十四五，看见人家的花鞋比俺的好看，就问人家："你鞋上这花样这么好看，谁剪的？"

人家说："在会上买的。"

俺家成分不好，没钱买花样，看谁的花样好看，俺就照着剪纸样，慢慢会剪了，没会上卖得好，比大嫂剪得好。以后，邻居都找俺剪花样，不找大嫂了。

在俺老家，小孩第一双鞋，得穿猫眉猫眼鞋，说是小时候不穿猫眉猫眼鞋，长大了没眼神，眉眼高低看不出来。俺没剪过猫眉猫眼鞋，邻居让俺剪，俺看看人家的花样，照着剪，几下就剪出来纸样，邻居可高兴了。

以前，小闺女都戴扎花的帽子，年轻媳妇也穿花鞋，戴花勒子，她们也找俺剪花样。剪的花样差不多，扎出来的花就差远了。心灵手巧的会配线，扎出花来好看；有的人笨，扎出来不好看。

那时候有挎篮子卖东西的，都是五十多岁的老太太，她们走门串户，卖的东西都是女人用的，有扎花的丝线，有机器织出来的棉线，俺那儿叫洋线，哪样线都有二十多种颜色，丝线比洋线贵些。也有用纸剪的花样，人家买的花样比俺剪的花样好看多了，有"二龙戏珠"，有"凤凰串牡丹"，有"喜鹊闹梅"，有"鲤鱼跳龙门"，很多的花样。

她们还卖闺女扎的粉红头绳，那头绳一半是毛线，一半是棉线，用尺量着卖。平常人家常年看不着钱，俺那时候梳一个大辫，过年才能买三尺粉红头绳，用它扎头。扎断了，接个疙瘩再扎，再断了，接上再扎。实在不能用了，换上自己纺的红线绳扎头。

篮子里还有做帽子、做勒子、做鞋用的花辫子，也是用尺量着卖。花辫子有宽的，窄的，有红的，绿的，蓝的，好多颜色，上面都有织出来的花，很好看。

　　以前，女人过了三十岁，都不穿扎花鞋了。都是小脚，穿黑色小尖鞋，要好的压两趟辫子，也有压一趟辫子的。老太太做鞋，做棉靴子，也压辫子。

　　后来放脚了，女人穿圆头鞋，大闺女、小媳妇鞋上还扎花。再后来，有了供销社，卖的东西全，还便宜，挎篮子卖东西的老太太再也不来了。

　　俺剪花样越来越好，找俺剪花样的越来越多。老家人嫁闺女，得剪很多纸样，俺一个人得剪一上午，两个大枕头，两个小枕头，得剪四样花。那时候兴"摆箱鞋"，新媳妇把新鞋都摆到一个箱子里，有摆六双的，也有摆四双的，一双鞋一个花样。

姜淑梅住过的百时屯老屋，门上面的砖瓦为翻盖时后加。艾苓摄。

俺结婚的时候，就做了两双摆箱鞋，花是俺自己剪的。爹给俺写了十六个字，让俺剪下来，扎到方枕头两头。俺不认识那些字，听他们念的音好像是：长命富贵，运显吉祥。还有八个字，写的是啥，俺记不准了。二嫂扎花活儿好，她给俺扎的。

结婚那天，看新媳妇的很多，他们都说俺鞋上的花好看。有学问的都说，枕头上的字写得好。俺爹一辈子都用毛笔写字，家里没一个人赶得上他。

有个叔伯三哥那时候上高中，他喜欢俺枕头上的字，回家练了一个暑假，也没写出俺爹的字形来。

俺到东北以后，再没剪过花样，东北女人没谁穿花鞋。

开玩笑

百时屯俺有个叔伯侄子，大名姜继礼，奶名叫大臭。那时候讲，叫个臭名好养活。

俺这个侄子爱开玩笑，比俺大十八岁，十年前就没了。

日本人倒台子以后，八路军在百时屯开个小医院，在俺家堂屋里，老百姓去看病，他们也给看。

来群娘长年烂眼边子，她想到小医院看眼病，半道碰见大臭。

大臭问："二嫂，你去干啥？"

来群娘说："俺到八路军医院看病。"

大臭看了看，板着脸说："二嫂，俺有个偏方，你一抹就好。"

来群娘问："啥偏方？"

"你叫俺二哥到杀狗的那儿要个狗屎。要回来切成片晒干，用布瓦烘焦，研成面，用香油和好，往眼边子抹，抹几回就好了。"

来群娘很高兴："能抹好吗？"

大臭说："试试呗，又不用花钱，抹不好，就瞎个狗屎呗。"

跟前有几个人笑得前仰后合，来群娘也不看，盯着大臭，大臭一点儿都没笑。来群娘烂眼边子五六年了，轻几天重几天的。听说有这么好的偏方，没去医院，直接回家了。

那几个人里，有个叫来回的，比大臭小一辈。大臭指着他说："回去跟你爹说，以后别叫"来回"了，叫"两趟"吧。"

来回反应快，说："叔，你别叫"大臭"了，叫"难闻"吧。"

从那以后，这两个外号都喊起来了。

第二天早上，来群娘找到大臭家，想找大臭算账，在家里没找着他。她到了牛屋，也没找着，在牛屋里拿了个拌草棍子。

大臭看见来群娘，赶紧钻到草屋里。

来群娘没找着大臭，站在草屋外面骂："大臭，有种的出来！你这个兔子还怕人啊？咋扎到狗窝里去了？"

大臭就在跟前，不敢吭声，更不敢出来。

来泽娘过来看热闹，来群娘说："大臭这个王八蛋，把俺骂了，俺没听出来，俺过来找他算账哩。"

她骂了一阵子，气消了，就不骂了。

过了几天，大臭看见来群娘过来了，手里啥也没拿，他胆子大了，走到跟前问："二嫂，你的眼用狗屎抹好了吧？"

来群娘抬手要打，大臭赶紧跑了。

以前，百时屯有学问的人少。土改以后，有个齐老师在百时屯教学。

齐老师三十多岁了，还没结婚。小时候家里穷，当兵很多年，回来年纪大了，不好找媳妇。他想快点儿找个媳妇，就是找不着，谁家闺女留到那么大啊？过得不好的，也不兴离婚。就是死了丈夫，多数还守寡不找呢。

姜继兴跟齐老师说："俺给你说个媳妇吧。"

齐老师说："太好了，哪个庄的？"

继兴说："闺女是曹楼的，今年二十五了，头发很多，辫子不长，说话嗓门大，她爹叫曹后立。"

曹后立，就是槽子后面站着的，那不是牲口吗？继兴说的是驴，想跟齐老师开玩笑，以为说完没事了。

齐老师没听出来，当真事了，看见继兴就问："二哥，你给我说的媳妇呢？你去曹楼了吗？"

继兴总说："没去。"

齐老师想："吃顿饭，他就能当事办了。"

他找到继兴说："二哥，我请你吃饭呗，人家说：成不成，四两瓶。"

继兴说："俺跟人家不一样，说不成，不喝你的酒。"

心里说："这个死心眼，他要是知道，俺给他说的媳妇是个毛驴子，他得气死了。"

吃完黑天饭，继兴去了学校，他跟齐老师说："今天俺去曹楼了，人家说你的岁数大，不同意。"

过了些日子，又有人逗齐老师，说的媒是曹楼的寡妇。曹楼不远，齐老师也不打听打听哪家的，自己过去看看。媒人说啥，他信啥。

媒人说："女方啥都不要，就要一身衣裳。"

那时候，没有现成的衣裳，齐老师给女方买了一身布料，跟媒人说："我想看看这个女的。"

媒人说："你看行，不能跟她说话。"

齐老师说："行，我不跟她说话。"

放了学，媒人领着齐老师去曹楼，曹楼离百时屯四里多路，不大会儿就到了。正好有个三十多岁的女人出来洗衣裳，媒人说："这个就是。"

齐老师一看，女人长得好，从心眼里高兴。看了个好日子，打算结婚。

俺老家那儿，天黑以后才能套上车，过去娶寡妇，用车拉来就行了。

到了齐家，在香台子前拜了天地，就入洞房了。齐老师觉得哪里不对劲，这媳妇脚大，走路像男人，不像那天相看的女人。他想好好看看新媳妇，屋里点个小火油灯，也看不清。

人都走了，新媳妇说："俺想尿尿。"

齐老师说："我去拿尿盆子。"

新媳妇说："一尿哗哗响，叫听房的听见多不好啊。俺到茅厕去尿。"

齐老师带路，新媳妇进了茅厕，他在外边等着。干等不见人出来，他进去看，里面没人了。

他没喊人，回屋睡了。

第二天早上，他到茅厕看，新媳妇把新衣裳脱在茅厕了，看样是翻墙跑的。

后来知道，新媳妇是男人扮的，那些人是逗他玩呢。

到俺那里，昨天不说昨天，说夜晌。昨天晚上不说昨天晚上，说夜啤啤。

俺邻居在黑龙江住了两年，傍黑天回到家。

第二天早上，他叔问："大孩，你啥时候回来的？"

大孩说："我昨天晚上回来的。"

他叔说："大孩，才出去两年，你也学会洋话了？你他娘的，还'坐到碗上'回来的。你要是在外边再待两年，你就得'坐到盆上'回来了。"

俺大嫂娘家在黄庄，在百时屯西南，离百时屯十三里地。

大嫂说，黄庄有个闺女嫁到离黄庄很近的屯子，结婚以后，小两口过得很好。

小丈夫说："你爹娘真疼俺，比俺爹娘都疼俺。"

小媳妇说："俺爹娘疼你，都是为了俺。"

丈夫说："不对。岳父岳母疼俺，是看俺会说话、会办事，俺也疼他们。他们疼俺可不是为了你啊，俺可不欠你这个人情。"

媳妇说："你没听人家说过吗？为闺女，疼女婿。"

丈夫没说过媳妇，心里不服气。那年他十八岁，还很顽皮。

第二天早上，他去了岳父家。进了门看见岳父，他哭着跪下了，说："你闺女夜里上吊死了。"

岳父一听火冒三丈，啪，啪，用力扇了闺女婿两个嘴巴。

小丈夫爬起来往家跑，岳父和两个大舅哥拿着棍子哭着在后边追。

丈夫跑到家，说："媳妇你救救俺！俺惹祸了，你爹和大哥二哥来打俺了。"

媳妇还不知道咋回事，爹跟哥哥拿着棍子进屋了。

大哥看见妹妹正做饭，问："咋回事？你不是上吊了吗？"

小丈夫赶紧赔不是："那是俺闹着玩哩。"

以后，他再不敢开这样的玩笑。

（注：齐老师为化名。）

东洼西洼

洙水河离百时屯四里地。俺小时候，百时屯有两处洼地，洼地里水不深，就是片大，东边的叫东洼，西边的叫西洼，东洼小，西洼大。一到秋天，连下几天雨，往洼地一看都是水，明光光的。

一九四一年雨水大，天冷了洼里还有水哩，这年多数洼地没种上小麦。

俺家在百时屯东头，大人孩子都到东边的海子墙上看东洼里的水鸟。那些水鸟俺报不上名来，有大的，也有小的，一种鸟一个叫声。很多水鸟在东洼里飞，你起它落的。

最大的鸟，百时屯人叫它"冷等"，这种鸟像大鹅那么大，比鹅腿长，脖子也长，灰色的。俺那里有个俗话：撑不死的啄木鸟，饿不死的冷等。冷等站在水里不动，等食吃，鱼呀虫呀从它跟前过，它就吃。

到了农历十月底，刮了一夜东北风，洼里上冻了，把冷等冻在水里。冷等想飞，干扇翅膀，飞不起来了。那时候，没有水靴，没有水叉，上面是冰底下是水，靠近冷等有一里多地。百时屯人站在海子墙上看热闹，干眼馋。

天暖和了几天，冰化了，冷等飞走了，再也没来。

夏天，洼里没大鱼，有很多小鱼。老百姓说，小鱼是蚂蚱子生的。还说，天旱了鱼子生蚂蚱。

雨水大的时候，沟里、壕里、洼里有很多青蛙和蛤蟆。它们叫起来声音很亮，夜里聒得人睡不好觉。

有一年，雨水来得早，豆子刚开花，高粱刚打苞，东洼西洼淹得颗粒没收。

水下去以后，种的是荞麦，听说荞麦一百天就能收。庄稼人是庄稼不收年年种。

还有一年，雨水来得晚，庄稼熟好了，想收割，下雨了。连下几天大雨，东洼西洼都是水，豆棵露个尖。

在水里收豆子可难了，还得快收，收慢了豆子泡臭了。

那时候女人裹小脚，下地干活儿的少。男人淌水到豆地里，摸着连根拔豆棵。先一捆一捆往道上倒腾，再用拖车套上牛往家拉。不敢叫牛上地，牛身子重，怕到地里出不来。

收高粱还好些，先把高粱穗收回去，高粱秸在水里泡着，上大冻了再往家收。

结婚以后，听丈夫说，十三岁那年他到洼地割过高粱秸。那是一九四九年农历十一月，冰冻实了，他天天用镰刀割高粱秸。光手一抓高粱秸就像抓冰一样，他一棵一棵割下来，还得一捆一捆往道上背。四亩地高粱秸，他干够了，捎信让舅和表弟往家整烧的，姥爷说："俺家没谁受那洋罪，没烧的俺去买。"

他好不容易整回来，晒干了，姥爷拉走一地排车。

他回家一看高粱秸少了，又哭又闹。

一九五四年天不下雨，东洼西洼的庄稼比高地好。洙水河里水少了，百时屯人都去河里抓鱼、抓泥鳅、摸嘎啦，都摸不少嘎啦。

摸着摸着小二说："毁了。"

侄子继川问咋回事，小二说："脚面疼了一下。"

小二脚面上有个红点，啥也没有。有个人说："这是马鳖钻肉里去了，得用鞋底子打，叫马鳖退出来。"

几个孩子换班打，打了一百鞋底子，马鳖也没退出来。这帮孩子谁也不敢下河，都回家了。

八天以后，从小二腿肚子里钻出来个血红的马鳖。

一九四三年夏天，刚吃完午饭，从西北来了风、雷、闪电，雷声响得吓人，连雨带雹子一起下。俺正在叔伯大嫂家玩，大嫂从厨房往外扔菜刀，她说："下雹子就是天上的神仙下来捉妖怪的。"

那阵雹子大，有的比鸡蛋大，有的跟鸡蛋黄那样大，还有很多像小球球。东洼、西洼收麦子的人很多。东洼还好，有个郭寺庙，大家一看要下大雨，都往庙里跑。西洼没处避雨，有的叫雹子打得血头血脸，有的头上好几个大包，送饭送水的罐子都打碎了。

俺家洗衣裳的瓦盆给砸碎了，院里的缸沿砸出璺（注：陶瓷等器具上的裂痕）来。

有个大雹子落在刚割回来的麦秸垛上，第二天早晨还没化完，秤秤吧，还八斤重哩。

俺这辈子就看见那一次大雹子。

现在的东洼西洼，都变成果园了。

百时屯的男女事

从前的百时屯，有对夫妻结婚六年没小孩，人家和他们一年结婚的，有俩孩子的，还有仨的。

两个人都想要孩子，就是不生。女人想是丈夫不行。

那时候，百时屯住着工作组，有个厨子给工作组做饭。这女人家离工作组的厨房近，她哪天都跟厨子见几次面，见面就说话。

厨子是个爱说话的人，女人也爱说话。她长得俊，中等个，小脚，是大地主家的闺女，嫁到地主家做媳妇。她公爹吸大烟，把地卖得就剩十多亩地，只剩一处好院子。土地改革的时候，他家划个中农。

女人跟厨子话越说越多，越说越近乎。有一天直接说："俺丈夫出门了，得四五天才能回来，今晚你到俺家住呗。"

厨子很高兴，说："行。"

厨子收拾完碗筷，天也黑了，就到女人家去了。

女人把大门插好，进屋点了灯，说："俺想你想了三个多月，才算把你想来了，你明天晚上还来好不好？"

厨子说："好。明天俺还来。"

两个人点着灯睡下，厨子正要走精的时候，当当当，有人敲门。

女人赶紧把灯吹灭，叫厨子躲到西间去。

女人以为邻居来借东西，没想到是丈夫回来了，吓得她浑身哆嗦：这屋里还有个人，咋办呀？

进了屋，丈夫点着灯，看媳妇脸色难看，身子哆嗦，问："你咋了？"

女人说："幸亏你回来了。俺后背冷，心难受，冷得哆嗦，想吐。你快去给俺请个先生看看。"

丈夫去请先生，女人把厨子放走了。

打那，厨子病了，肚子疼得很。大夫说：结精病，不会治。就是精子结成块，下不来了。

厨子回到家，媳妇天天烧汤，熬药，伺候着，也不问这病咋来的。她还到工作组跟人家说："俺丈夫病了，做不了饭了。"

过了一个多月，吃了十多服汤药，好些了，还是不能下地干活儿。有一天，他溜达到俺家，看俺俩嫂子在院里干活儿，他坐在凳子上，一五一十说了这事。

妯娌仨智斗公婆

过去，巨野县侯楼有户人家，三个儿子都娶了媳妇，婆婆死了，公公当家。别人家收了麦，咋穷也吃几顿白面馍，他家麦子再多，也不能动，公公舍不得吃。

儿媳妇跟他商量："爹，咱也吃顿白面干粮呗。"

公公说："麦子贵，吃啥都一样饱。卖了麦子，多要二亩地，下边孩子也有饭吃。过年过节，咱再吃白面馍。"

时间长了，三个媳妇馋得慌。二媳妇心眼多，她先有了主意。

这天，公公下地了，妯娌仨在家，二媳妇说："大嫂，咱吃顿面饼呗。"

大媳妇问："咱爹知道了咋办？"

二媳妇说："咱不会不让他知道？咱俩在屋里烙饼，叫他三婶子在大门口看着。看见咱爹回来，在大门口撒把黄豆，咱爹看见黄豆，准得拾起来。等他把黄豆拾完，咱也把饼吃完了。"

妯娌仨撒了一回黄豆，老头在大门口忙活半天。妯娌仨的面饼吃到嘴里了，公公不知道，嘟嘟了好几天，说豆子撒了妯娌仨都不知道拾起来，这些豆子能卖不少钱哩。

这老头抠得很，地越买越多，穷人动他一棵庄稼都不行。土改的时候，他让人枪毙了。

俺巨野管饺子叫扁食。吃扁食，都是一人一碗，带汤吃。

有一家，也是仨儿子，婆婆当家，平常跟儿媳妇两样饭。到了大年初一吃扁食，不给儿媳妇留碗，等全家吃完，锅里剩多吃多，剩少吃少。吃不饱肚子，两个儿媳妇谁也不敢吱声。

这年，三媳妇进门了。过年的时候，还是老规矩，妯娌仨把扁食煮好了，家里一人一碗，没有她们的。

三媳妇在娘家就听说，婆婆不给碗，两个嫂子大年初一吃不饱肚子。她当时就说："两个嫂子太笨了，没碗就不能吃扁食了吗？"

妯娌仨把一家人的碗都舀完了，三媳妇用水瓢舀上扁食递给大嫂，用蒜臼子舀上扁食递给二嫂，两个嫂子不敢吃。

三媳妇说："大嫂二嫂，吃吧，怕啥？咱忙了一大早晨，还不该吃扁食？"

俩嫂子问："你咋吃呀？"

她说："不用管俺，俺用勺子吃。"

妯娌仨在厨房吃扁食。

大伯哥吃饭快，去舀第二碗，三媳妇说："你等会儿吧，俺吃完这一勺子，你再舀。"

大伯哥就得站在一边等，三媳妇吃完，才给大伯哥舀碗。

三媳妇说："大嫂二嫂，快点儿吃，多吃点儿。俺今天治治他们的劲。"

大嫂吃饱了，把水瓢放下。三媳妇吃饭慢，又给全家舀碗，一看锅里扁食少了，把扁食舀到瓢里，到一边去吃了。

公公婆婆牙不好，吃得慢，等他们去舀碗，扁食没了。

知道这是三媳妇的事，也知道三媳妇厉害，他们没说啥。

下一年过年，家里一个碗都不少。

到了土改，这家公公婆婆经常挨斗。

顶名去当兵

以前，有卖兵的。那时候抓丁、派兵的事多，谁家不想出，出钱给卖兵的，卖兵的拿钱找人顶，事就成了。

新中国成立以后，也有偷着卖兵的，那是抗美援朝的时候。当时巨野县有个土政策，一家哥三个，得出一个人当兵，去朝鲜打仗。

东庄刘二就哥俩，他家不用出人当兵。卖兵的问他："想不想当兵去？能给你不少钱哩，有了这些钱，你媳妇也少跟你受点儿罪，你回家合计合计。过了这个村，就没这个店了。"

那时候刘二结婚时间不长，他回家一说，媳妇不同意："不中，出去打仗九死一生。穷过富过，咱都在一起。"

刘二说："俺没本事挣钱，让你在这个穷家受委屈，俺心里过意不去。这次俺得去，当几年兵俺回来，咱宽宽绰绰过日子。"

媳妇咋劝都不行，他顶人家名当兵了，钱扔给媳妇。

出去以后，刘二没来过一封信。

庄上参加抗美援朝的，都回来了，他没回来。

刘家人知道，这个人没了。

刘二媳妇脚小，一个人过日子，不容易。

老大媳妇盼着兄弟媳妇改嫁，兄弟媳妇走了，房子和东西就是她的了。她劝过，也找别人帮着劝过，不管谁说啥，刘二媳妇都不听，她说："活着不见人，死也得见尸，看不见尸首，俺就在家等他。"

兄弟媳妇不改嫁，老大媳妇不愿意了，她跟老大说："从今往后，她家啥事你都别管，看她守寡守到啥时候。"

从那以后，种地，挑水，喂牲口，啥都是刘二媳妇自己干。

有一个远门大伯哥看她可怜，常过来帮着干活儿，干完活儿就走。

刘二媳妇看他心眼好，越走越近，两个人睡到一起。

时间不长，她怀孕了。

这个大伯哥家里有媳妇，愁得刘二媳妇天天偷着哭。

那时候没听说引产啥的，怀孕了就得生孩子。

肚子越来越大，没有别的办法，刘二媳妇改嫁了。

刘二媳妇改嫁不到一年，刘二回来了。

他先奔自己家，没看见媳妇，到哥家打听："俺媳妇呢？"

没等哥说话，嫂子说："你媳妇信准儿（注：改嫁）走了。"

刘二一屁股坐凳子上，脸发白："她信到哪里了？"

哥说："听说在龙坰那边。"

刘二四处打听媳妇下落，想跟媳妇见一面。媳妇听说刘二回来了，也想跟刘二见一面。

两个人见了面抱头大哭。

哭完了，刘二告诉媳妇，他在朝鲜打仗，让美国人俘虏了，关了这么长时间，才给放回来。

媳妇说了怀孕的事。她说："俺做了对不起你的事，在刘家抬不起头来，就剩两条路。俺想，死也丢人，信准儿也丢人，还是信准儿吧。"

见了面，说了话，各回各家。

刘二没回家，他去找那个远门大哥，没找着。

人家听说刘二回来了，吓跑了，去了关外。

刘二没再说媳妇。

那时候，男人过了二十五岁，找媳妇很难，没有这么大的大闺女。要是听说哪个寡妇要改嫁，很快就有主，抢都抢不上。

刘二一个人过，过了不到三年，死了。

他死以后，远门大哥才敢回来。

（注：刘二为化名。）

找吃的

挨饿那几年，俺们到处找吃的。有的刨茅根，有的到白菜地里捡白菜叶子，有的挖耗子洞。

茅根是一种草根，这草就像一根细鞋带子，一小节一小节的，味是甜的。茅根的叶子硬，又长又尖，没人吃。

刚开始挨饿，人没力气，刨三斤四斤茅根，也得一上午。回家洗干净，用刀剁剁，放磨上磨碎，掺点儿面，再放到锅里蒸熟，这是一顿好饭。

以后，都吃茅根，越刨越少。

再后来，刨不着了。

冬天，俺到白菜地里捡白菜叶子，大伙都捡，也捡不着啥。有一回，俺从地这头走到地那头，捡了六片干白菜帮子。干白菜帮子可真白呀，都半拉嗑叽（注：不完整）的，干得像纸片似的。

俺又去辣椒地，想捡点儿辣椒叶子，哪还有叶子呀？整个地里光秃秃的，就在地里捡了四个小辣椒，都是白色的。

俺寻思：俺运气好，这辣椒咋没人要呢？回家掰开看，辣椒都烂了，有的里边长黑毛，有的长白毛。俺没舍得扔了，洗洗，剁碎，都放菜里吃了。

白菜叶子捡回来，先泡泡，再洗洗，剁碎，用盐水煮煮，掺上辣椒末，这是俺跟儿子的一顿好饭。

到了春天，饿得一点儿办法没有了，有人去地里挖耗子洞。有的忙一上午，啥也挖不出来；碰巧挖着了，一个耗子洞里能挖出三四斤粮食，也有少点儿的。这样的粮食，回家用水泡，泡完再洗，洗干净了晒干，放磨上磨成面，掺菜吃。

没啥吃的了，庄里人开始扒榆树皮。明白知道这榆树没皮就得死了，自己不舍得扒皮，别人也偷着扒走了。

到俺那儿，榆树从根到梢，皮都能吃。那时候，榆树皮很好吃，吃到嘴里滑溜溜黏糊糊的。俺老家的榆树就像十七八岁的大闺女，长得直溜溜的，水灵灵的，很高。

一九六〇年，俺来到黑龙江，黑龙江的榆树弯弯曲曲，干干巴巴，像八十岁的老太太。俺以为，榆树皮都扒了，老家的榆树得绝种呢。一九六三年俺回老家看，不是俺想的那样，小榆树又长起来了。

一九五九年刚开春，俺舅也到地里挖耗子洞。

有一天，他看见有个大洞眼，他想这里准有大耗子。挖了很深，一斤粮食也没挖出来，倒是挖出来一堆饺子，黑面的、白面的、绿豆面的都有，总共得有四五斤。

听说俺舅挖出来饺子，邻居都过来看。

有个邻居说："这黑面饺子是俺家的。过年的时候，俺家白面不够吃一顿了，俺掺了点儿黑面，包的是白菜馅，没有肉。"

俺舅用筷子整开饺子，里面真是白菜馅。

邻居说："大年初一，锅开了，俺把饺子下锅里，用笊篱捞，一个也没捞出来。"

还有个邻居说："这绿豆面饺子是俺家的。俺大闺女知道俺过年吃不起饺子，她给俺送来二斤多绿豆面，两个辣萝卜。俺包的是辣萝卜，一点儿油没放，俺家油罐子干了十个月了。年三十晚上，俺把饺子包好，大年初一想煮饺子，盖帘上一个饺子也没有了。"

俺舅让这两家把饺子拿走，谁也没拿。

饺子馊了，有的烂了，舅家都吃了。只要是吃的，啥都是好东西，不吃饿得难受。

大家都说，俺舅挖的不是耗子洞，是黄鼠狼洞，只有黄鼠狼才有这个本事。

东北传奇

清江说沈家

　　一百多年前，太爷太奶领着俩儿子逃荒，从吉林张家湾逃荒到黑龙江，在安达老虎岗北边的三合屯落脚。张家湾就是现在的吉林德惠，太爷那辈的事，我不知道，光知道太爷去世早。到了爷爷这辈，故事挺多，小时候奶奶经常给我们讲。

　　那时候，老虎岗有三户大地主：孙猪腰子、宋家雀、林捕鸽子，都是外号。爷爷叫沈永久，能说能讲，是说客，三家地主摊了官司，都找我爷出主意，帮着打官司。他们三家有了矛盾，也找爷爷说和，不管啥事，爷爷都能大事化小，小事化了。

　　有一天，我大爷爷病了。三合屯有家药铺，开药铺的外号叫冯大药包子，和我家是屯亲（注：住在一个屯子里的远房亲属），论起来爷爷得管他叫老舅。药铺里有个看病先生，他给大爷爷把完脉说："没事，吃两服药就好了。"

　　抓了两服药，回家先熬上一服，大爷爷喝完难受，翻身打滚。去药铺把先生找来，他也没啥好办法。大爷爷七窍流血，不大一会儿就死了。

爷爷主事，把大爷爷埋了，入土为安。当天晚上，他去了药铺，跟冯大药包子说："老舅，明天咱去正雅街赶集吧。"

那时候的正雅街就是现在的任民镇，那里有集，也有法庭。爷爷说去正雅街赶集，就是想打官司。真打起官司来，还啥老舅不老舅的，那就撕破脸了。

第二天吃完早饭，两个人往集上走。

冯大药包子家里人琢磨，真打官司，肯定得把药铺先生抓起来，把事整大了，谁还敢叫先生看病，谁还来这儿抓药呀？

他们赶紧去找三户大地主，请他们派人追。四条腿的马比两条腿的人跑得快，三匹马把两个人追回来。

三户大地主从中说和，说这事打官司老沈家肯定赢，人已经死了，还是多赔些钱吧。用现在的话说，叫私了，这事算是完了。

爷爷是孝子，哪次赶集都给太奶买回来几样好吃的，太奶经常偷着给小孩子吃。

这天回来，太奶还要偷着给小孩子点吃的，爷爷说："你别给他们了，他们吃东西在后边哩。有我在，能给你买好吃的。等我死了，你就该遭罪了。"

太奶不愿意了，把爷爷臭骂一顿。

没想到，第二年爷爷就出事了。

第二年夏天，爷爷抱着大姑领着我爸到大坑里洗澡，刚洗完澡出了水坑，来了个卖货郎，货郎挑子里有吃的用的。

爷爷说："我想给你俩买点吃的，我没带钱。"

我爸说："我去拿钱，我知道钱在炕席底下哩。"

爷爷说："你别动，我自己回家拿。"

爷爷拿了钱，刚走到院里就口吐白沫，倒下死了。

那年，爷爷奶奶都三十多岁，大爷十四，我爸八岁，大姑两岁，二姑还没生。

爷爷死了，日子就难了。大爷去给人家当长工，我爸给人家放猪。大爷扛活的人家姓杨，外号杨大倔子。

十六岁那年春天，大爷趟地，马不老实，东北这儿说"马闹套子"，把地趟歪了。

杨大倔子一看地没趟好，用刮犁杖的板子打大爷，把大爷的腰骨打坏了。

那地方离家远，家里不知道这事。

等杨大倔子来车接奶奶，大爷已经不行了，躺在伙房炕上，瘦得皮包骨。

奶奶让杨大倔子家用车把人送回来，到家没几天，大爷死了。奶奶没去杨家找，杨家一分钱也没给。以前，奶奶的妈给杨家当佣人，后来当填房，还有亲戚这层。

头一年爷爷去世，第二年太奶没了，第三年大爷又没了，三年死了三口，小脚奶奶沈杨氏剩下俩闺女一个儿子，经常有上顿没下顿。

我爸十岁那年，不放猪了，放夜马。白天这些马干了一天活儿，晚上我爸把马群赶到草原上，一待就是一夜。蚊子咬是小事，听说草原上有狼，还有鬼。他害怕，经常一夜一夜地趴在马背上，不敢下马。

越是害怕，越是看见东西。有天晚上，他看见苞米地头有个又高又大的黑影，人不像人鬼不像鬼，扭头不敢再看，哆嗦了一夜。第二天去看，那是一棵一人多高的线麻。

老虎岗有个金粉坊，是胡子的据点，大当家的叫宝山。庄稼起身的时候，晚上下了一场大雨，那天晚上胡子被围剿。那年我爸十多岁了，早晨起来闻到血腥味，出门再看，人的脚脖子拴在马的脚脖子上，一匹马拉着一个死人往碱沟去。收拾秋的时候，庄稼地里还有尸体，可能是受伤的胡子没跑掉，都烂了。

土改的时候，我家最穷，分了不少粮食、衣服、棉被、地和一匹马。奶奶不敢要马，知道是谁家的，怕地主翻天，剩下的东西都要了。从那以后，日子一年比一年好，两个姑嫁人了，我爸也结婚了。

奶奶省心了，拿起剪子，剪啥像啥。那时候没有黑纸，奶奶买一张白纸，用锅底灰染黑，用黑纸剪"龙凤呈祥"，剪"二龙戏珠"，剪各种各样的花鸟鱼虫。墙上糊的是报纸，奶奶把这些东西都贴墙上。最好看的是"二龙戏珠"，奶奶把龙鳞剪透，后边贴上烟卷盒里的锡纸，锡纸透过来，龙鳞好像闪光哩。

我们这辈九个孩子，我排行老三，家里人都管我叫"外交部长"，大事小情都是我跑。我们都是奶奶帮着抱大的。六十年代实行无证件落户，我家落户到安达县里，我们哥们软的不欺硬的不怕。"文化大革命"的时候，大哥二哥要找杨大傻子家算账，给大爷报仇。

奶奶说："不行，剥削咱的人死了，人家下一代没剥削咱，你找谁报仇呀？拉倒吧。"

奶奶活到八十年代，去世的时候七十二岁。大哥花四百多块钱买了一台黑白电视，为的就是让奶奶看看。

李老太太领家

以前，李家在黑龙江省巴彦县兴隆镇有三千多垧地，骡马两大棚，长工三十多个，还有个信得过的管家。李家有两个大院，一个院里有四个炮楼，夜里有人换班打更。

丈夫死后，李老太太领着五个儿子过。五个儿子长大了，娶的都是有钱人家的闺女。

大儿子在北京上大学，毕业后在北京做事。他去逛窑子，爱上窑子里最美的女人，想买出来给自己当媳妇，过一辈子。窑子老板让他拿几千块银圆，说："你不拿钱，就别跟我废话。"

大儿子没那么多钱，愁得眼快瞎了。他给妈去信要钱，李老太太算了算，得卖一百五十亩地，她不同意。

儿子又来信，说："我的眼快瞎了。"

李老太太不信，去了趟北京，看儿子眼睛真快瞎了，回家卖了一百亩地，把家里的钱都带着去北京。她把窑子里的女人买出来，把大儿子的眼治好，才回黑龙江。

大儿子家里有七个孩子，三儿四女。他在外面有了女人以后，没大回来过，先是在北京，后来去了上海。大儿媳妇领着七个孩子跟李老太太一起过。

李老太太领家，光孙子辈就二十六口，十三个孙子，十三个孙女，五六十口子在一起。这个家很平安，没有生气干仗的。家里有专门的厨房，有两个专门做饭的佣人，里间做饭，外间吃饭。吃饭的屋里有两个大长桌子，男人在一桌吃，女人在一桌吃。

东北这里，天冷了得烧炕，烧炕的柴火，佣人都给抱到炕门口。媳妇们不用做饭，都把自己打扮得漂漂亮亮的，专心伺候丈夫和孩子。

老太太跟媳妇们下令："家里的事，不用你们管，各人把各人的孩子教育好。"五个儿媳妇都有点儿文化，文化最高的二儿媳妇是国高毕业生。

男孩的穿戴，李老太太全管，都穿一样的衣服、鞋、帽子。平常不敢叫孩子们出大院。孩子们上学的时候，车接车送，一个车老板，一个枪法好的长工带着枪，怕胡子绑架。女孩的穿戴，自己的娘操心，哪个媳妇屋里都有娘家陪送的布料，够用。

老李家在兴隆镇，穷的也交，富的也为。要饭的来了，苞米随便扛，能扛多少扛多少。过年蒸豆包的时候，来了要饭的，老太太让给半盆。

屯子里有个亲戚，地也不少，场院里的柴火垛年年有人放火。没有人放李家的火，也没有胡子来抢。

李老太太和儿媳妇都是小脚，那时候全村女孩都裹脚。李

李老太太的五儿子李彦玲和妻子李王氏1943年合影。李文艺提供。

老太太已经八十多岁了，不叫给孙女裹脚，她说："我知道裹脚受罪，我就不叫我孙女裹脚。我的孙女一个个长得这么俊，我就不信我孙女嫁不出去！真的嫁不出去，在家养着！"

八十多年前，有老太太这句话，李家十三个姐妹都没裹脚。

老太太活到九十二岁，死的时候，家里已经娶了六个孙子媳妇了。哪个孙子结婚，都接不少银囤。那时候兴这个，也有专门卖银囤的。囤是用纸盒子糊的，很好看。囤里面放个银牌子，一边一个银花盆，也有的一边一个银花瓶。还接很多帐子，有大红色的，有深红色的，多数都是绸子的。一个帐子一丈二，够一身衣服料。

土改以后，李家啥都没了，分家另过，各找各的活路去了。

给俺讲故事的叫李文艺，李老太太是她亲奶奶，她今年八十八岁，腰板溜直，长得漂亮，大脚。

宋家和胡子

宋海军的老家在山东登州府，太爷爷那辈儿来到黑龙江省庆安县丰收镇开荒种地。

大太爷在这儿落脚后，哥们儿都跟来了。太爷爷辈一共哥七个，二十多口人，都在一个锅里吃饭。

没过几年，大太爷去世了，大太奶奶在宋家守寡，没孩子。大太爷没了，这六个弟弟和弟媳妇，全都高看他们这个寡妇嫂。家里的事大太奶奶当家,海军的太爷是老二,种地的事他说了算。

这个大太奶奶也是那块料,聪明能干,把这个家领得很和气。全家上下都能干活儿，省吃俭用，有房住，有粮吃，还买了一辆大车、四匹好马。

日子刚过起来，来了很多胡子，要抢老宋家。

老宋家有高墙大院，还有炮楼和土炮。大太奶奶站到炮楼上看了看，下来说："咱辛苦攒下的家业，哪能白白给他们？俺跟他们拼了！他们来的人多，俺怕咱这个家保不住，家里的男人先走。"

太爷说："大嫂，要走也得你们女人走。胡子来了，俺大老爷们咋能先跑呢？要是外人知道了，不得笑话死俺们。"

大太奶奶问："老二，家里的事是不是俺说了算？"

太爷说："是。"

"那为啥现在不听俺的？"

"你让俺们先逃命，俺不能听你的。"

"咱从山东来东北，不就是为逃命吗？万一胡子打进来，一个不留，你让俺死后咋跟你大哥交代？你们都有媳妇孩子，有牵挂，俺无儿无女，就一条老命，有啥舍不得的？老二，你领着男人赶紧走，算大嫂求你了！"

大太奶奶说完，头都没回，直奔炮楼。

太爷领着全家男人，从后脚门跑了。

大太奶奶上了炮楼，一边放炮一边骂："杂种操的胡子，不怕死就上来！"

那时候的土炮，装的是火药，药都散着，得装满了放一炮，再装满了，再放一炮。要是火药多，胡子根本进不来。一炮打出去就扫到一片，两炮打出去打死四个胡子，打伤好几个。

原以为打死几个胡子，他们就撒腿跑了。胡子头在后面喊："弟兄们，上啊，打进院子，老宋家那些钱就是咱们的了！"

胡子头这么一喊，那些胡子不光没跑，还更来劲了。有不怕死的，冲到大门口，死命砸门。

大太奶奶没放几炮，火药没了。

土炮半天不响，胡子头又喊："弟兄们，上吧，老宋家土炮没货了！"

胡子进了院，一个男人没找到，光看见七个女人。

胡子头把妯娌七个叫到一起，问："谁放的炮？打死了我四个兄弟，还有几个兄弟受伤。"

她们都说："不知道。"

胡子头说："你们把手伸出来。"

那六个妯娌都把手伸出来，大太奶奶不敢伸手。胡子头把大太奶奶的手拽出来看，手上有药末，黑乎乎的，把她拉出去杀了。

胡子把宋家抢得鸡犬不留，全家这些年的辛苦，啥都不剩了。

那年，海军的爷爷十五岁，大个。

眼看着自己的家让胡子抢光，他想："光会干活儿有啥用？还不是受胡子欺负？"

打那以后，他不愿种地了，另找一个胡子队当胡子。

海军的爷爷叫宋玉春，会说话，聪明，长得也好看。胡子头要认他当干儿子，玉春跪下就叫干爹。

胡子头没媳妇，没儿没女，玉春会来事，在干爹面前转来转去伺候。

有一天，干爹看玉春没枪，跟玉春说："儿呀，你打听打听，你们那儿谁的枪好，我给你抢过来。"

玉春打听完，告诉了干爹，干爹帮他抢来一支好枪。

玉春有了枪，也跟着胡子队出去抢，抢了四年多。

有一回，胡子出去抢，玉春受了重伤，害怕了。他岁数大了，想得多了,知道当胡子名声不好,谁家闺女都不愿意给他当媳妇,不想干了。

他跟干爹说想回家。

干爹同意了,伤还没全好,就把他送回去了。临走,干爹给他两匹马,还给他一些钱。玉春回到家,老老实实种了一辈子地。

宋玉春排行老二。他大哥三十多岁死了,撇下一个八岁儿子,大嫂想改嫁。

老宋家人都劝:"别改嫁了,家里还有孩子,守着孩子过吧。"

大嫂说:"你们谁说啥,在我这儿都是耳旁风,都是废话。腿长在我自己身上,我自己说了算。"

儿子说:"我就是在这儿饿死,也不跟你去当带犊子(注:对随母改嫁孩子的贬称)!"

他们那里有个说道,寡妇改嫁从婆家走的时候,不能碰婆家的门框。

大嫂改嫁前,玉春跟嫂子说:"嫂子,你走,俺不拦你。走的时候,你别碰俺家门框呀,碰俺家门框,对俺家不好。"

八岁的儿子看妈真要走了,嗷嗷哭,说:"妈,你别走,你走了我咋活呀?"他拽着他妈衣服哭,"妈,我不叫你走。"

大嫂把孩子的手扒拉开,特意往门框上撞两下走了。

玉春拿着马鞭撵出去。

孩子看见二叔用鞭子追打他妈,哭得更伤心了。

大嫂跑得快,挨了两鞭子,上车走了。

孩子哭得大鼻涕老长，玉春回来抱起孩子，也哭了。

他把孩子拉扯到十八岁，送去当兵。

这孩子叫宋国强，当的是骑兵。当兵这三年，骑马的功夫练得好，马跑得再快，只要抓住马，他就能上去。国强退伍回来，分到庆安县高老粮库，二十二岁，长得身强体壮，马上有给他介绍对象的。玉春没多花多少钱，就帮国强把媳妇娶回家了。国强还自学了砸白铁的手艺，日子过得一年比一年好。

老宋家就国强这支人进了城里，剩下那些人都在丰收镇。

逃了再逃

王家以前在辽宁省通辽县。

一百多年前，王德福带着老婆孩子逃荒，来到黑龙江省望奎县开荒种地。刚到的时候，啥也没有。大人孩子都能吃苦，没过几年，有房，有地，有车，有马。

这天，王德福去放马，马跑到人家地里，把人家庄稼踩了。

王德福跟这家说了很多好话，说："你数数踩了你几棵玉米苗，秋天我赔你玉米。"

这人说："不行，我要金子。你不给我金子，我跟你没完。"

王德福说："兄弟，你要粮食行，我多给你些粮食。你管我要金子，我没处整。"

这人说："你整不来金子，我要你的命。"

这人从前是胡子，让人家从胡子队里赶出来。他恨胡子，见胡子就杀，在屯子里啥事都干，是个地痞癞子。

王德福无路可走，回家磨菜刀。磨完菜刀夹在胳肢窝里，外面披了件衣服，去找那个地痞癞子。

地痞癞子问："送金子来了？"

王德福说："是。"他掏出菜刀，一刀把地痞癞子砍倒，又砍了两刀，当时就把地痞癞子砍死了。

地痞癞子家里人告官，王德福让人抓走，送到望奎监狱里。

从古到今，都是杀人偿命，王德福在监狱里等着杀头哩。他小舅子程子华找到接洽人，夜里把王德福偷着放了。

王德福到了家，程子华正在家等着，他说："姐夫，你们快走吧，走得越远越好。"

王德福套上花轱辘马车，拉上粮食和老婆孩子往外走。走了一夜，又走了一天，人困马乏，走到一处四下没人烟的草原，这里有条小河，河里有水，还有小鱼。

王德福跟老婆孩子说："就这儿吧，往后咱就在这儿过了。"

他们在这儿搭窝棚，做饭，挖井，开荒，一家人从头开始。

苦干两三年，有了房子，有了地，手里也有俩钱了。这块的人越来越多，王德福买来一盘石头磨，给人家磨面挣钱。

挣了钱，王德福舍不得吃，就着一个咸鸭蛋，他能喝三次酒。

家里有钱了，开起了粉坊。怕胡子来抢，他家买了三支好枪。

王家有五个儿子，都没念过书。王德福岁数大了，把家交给二儿子永义和四儿子永志，两个人管这个家；大儿子永民，管磨坊、碾坊、粉坊；三儿子永理、五儿子永信管种地。儿子们都是雇人干活儿。

挣的钱多了，王家又买了两辆胶皮轱辘车，雇表大爷拉脚挣钱。活儿多的时候，永义和永志也赶车挣钱。

永志喜欢玩枪，他用的是盒子枪，也叫歪把子，从德国进口的。这枪他总在身上带着，没事了去草原，打野鸡、野兔和狼。那时候，青冈那片草原一眼看不到边，洼地存着很多水，水里的野鸟也很多，他哪天回来都不空手，枪法越来越好。

他们住的那个地方后来有了名，叫七排九。

有一回，七排九好几家都去拜泉卖黄豆，王家有两车黄豆，别人家有八车。怕胡子劫道，永义、永志都去了，永义在头车，永志在第二车，后面八辆车紧跟着。

走到半道，来了很多胡子，截住车不叫走。

永志看准胡子头，给他一枪，把帽子打掉了。

胡子头看了看永志和他手里那把枪，举起一只手说："高抬枪，放两辆。"

胡子听了这话，闪开道，把前面两辆车放走，后面那八车黄豆都叫胡子劫走了。

给王家赶车的表大爷穷，以前大娘和儿媳妇冬天穿一条棉裤，谁下地做饭喂猪，谁把棉裤穿上。剩下那个穿着单裤坐在热炕上，用破被盖上腿。王家没少帮这个表大爷，娘儿俩不用再穿一条棉裤，也有吃有喝了。

土地改革前，王家是青冈第一大户，有磨坊、碾坊、粉坊，有三千多亩地，还有十匹马、四辆胶皮轱辘车。那时候，胶皮轱辘车很少，胶皮轱辘都是外国进口的。听说要土改，永志把

四当家的王永志。王作祥提供。

王永志的媳妇王周氏。王作祥提供。

三匹好马送人了。

土改的时候，车、马、地都给分了，农民会把王家撵到一个破仓房去住，啥也没给。

四当家的跑了，二当家的给关起来。

他们把永义吊起来打，问："你们家的银圆、金子都在哪里？不说就打死你！"

家里没有那些东西，永义说没有他们不信，让他们打死了。送回来的永义浑身是血，王家用张破席把永义卷上，挖个坑埋了。

永志跑了，农民会抓走永志媳妇，还是吊起来打，还是要那些东西。

幸亏永志媳妇为人好，平常帮穷人，有几个穷人给她讲情，没打死她，放了。

永志走后，四年没音信，家里都以为这个人没了。

四年后，永志回来了。开会还是挨斗，不那样吊起来打了。

王家的后代，都在青冈县祯祥镇七排九，现在也比一般人过得好。

风雨隆盛河

我家祖上在河北乐亭大王庄，在乐亭也是大户人家。以后人越来越多，分了家，地不够种，祖太爷王永庆到外面帮人家办事。

一百二十年前，他到齐齐哈尔办事，看见这边人烟少，荒地多，没人种。回家以后，他跟祖太奶说："咱去关外吧。"

祖太奶说："咱过得好好的，去关外干啥？"

他说："那边地多，没人种。"

祖太奶同意了。

他们把家里的房子和地都卖了，来到现在的黑龙江省兰西县。隆盛河那时候没名，就是呼兰河一个河汊，野草长得比人都高。

祖太爷看好这地方，给官府交钱买荒，搭起窝棚，支锅做饭。当初买的荒地，往南十里，往北十里，往东十里，往西十里。

跟祖太爷一起来的，还有两个儿子，大儿子叫王彬，二儿子叫王恺。祖太爷买了车马，爷儿仨起早贪黑挖井盖房，开荒种地。

李小群屯有个八旗人，北边十里荒地让他给霸去了。那时候买荒有文书，也叫地契。祖太爷感觉自家有理，去官府告状，他上一回堂挨一回板子，打得好几天都不敢坐。

祖太爷不服气，挨打也告状。

官司打了两年，打赢了，官府判八旗人让出一节地。祖太爷套上犁杖，一节地趟出去九里。种上庄稼以后，隔三里地搭一个窝棚，看青用。现在，头窝棚、二窝棚、三窝棚都成屯子名了。

过去有句老话："饿死不做贼，屈死不告状。"还说："一状三不亲。"打赢官司，祖太爷也不想跟八旗人整得太僵，把闺女嫁过去，给他家当媳妇。这样的媳妇不好当，才二三年，姑太奶就憋屈死了。

有一年，祖太爷领人去小兴安岭买木头，买妥了，把木头绑在一起，从河上往下放排木。眼看快到地方了，排木不走了，咋整也不动。祖太爷让人下到河里看看，一摸是块石头。捞出那石头来用水洗洗，是龙王爷石像。

祖太爷说："咱把龙王爷整回去。"

到了地方，他们把龙王爷石像放到爬犁上往回拉。拉到隆盛河西边，拉不动了。

祖太爷在这地方盖了座龙王庙,初一、十五都给它烧香摆供。

那些年种地，年年风调雨顺。

粮食吃不了，咋办？祖太爷他们商量了一下，开烧锅，就是现在的酒坊。烧锅的字号叫隆盛河，以后隆盛河的字号响了，成了屯子名。酒糟喂猪，猪长得都壮。

祖辈开酒坊挣了钱，又在绥化和海伦买地、开酒坊。东边到绥化永安，北边到青冈的三窝棚，老王家有三千多垧地。

楚花有个地主，家里有三百垧地，一百多个长工。这个地主在屯子里很牛，谁也没他的地多。

有个人跟他说："你们家长工使的筷子，没有隆盛河老王家的大柁多。"

这个人说完了，特意去隆盛河数了数大柁。一溜九间的房子，有十根大柁，老王家的房子，光大柁就有二百多根。

到我太爷这辈儿，一共哥们六个，都抽大烟。六太爷叫王世哲，结婚才一个多月就死了。老太奶在王家守寡，家里人处处高看她一眼。几个太爷商量以后，还把四爷王赠禄过继给她。

老太奶是大户人家的闺女，当闺女的时候念过书，说道不少。她屋里吃水，光吃前面那桶水，不吃后面那桶，说伙计挑水放屁，后面那桶水有味。无冬历夏（注：一年四季），她不吃过宿的猪肉，说不能吃了。

老太奶屋里的地面都是木板的。四奶结婚以后，早起做饭路过老太奶那屋，穿木头底鞋走过去，老太奶不愿意了，说："你这么大动静，我能睡好觉吗？你能不能让我再睡会儿？"

以后，四奶从她屋里过，爬着过去，爬过她的屋再走道。

以后，老太奶有了孙媳妇，她说："三辈人得梳三样头，让外人一看就看出辈分来。"老太奶梳疙瘩鬏，她让儿媳妇梳簪子头，孙媳妇梳京头。

孙媳妇的京头简单，把头发在后面盘好，装到网子里，外面用插针插上，省事又好看。四奶的簪子头又难梳又难看，簪子戴在头上沉，不得劲。她把簪子撅折，拿着撅折的簪子给老太奶看。

老太奶心里明白咋回事，问："你想梳京头呀？"

四奶说："我梳那头，人家笑话，我也梳疙瘩鬏吧？"

老太奶撇撇嘴，算是同意了。

在隆盛河落脚以后，老王家像棵树似的，慢慢分叉，一股变成两股，两股变成六股。我太爷那辈，两股没后代，都有过继的儿子。开始在一起过，以后有的吃喝嫖赌，有的好吃懒做，正经干活儿的心里憋气。分家的时候分了六股，一股一份，老太奶那股特意多分了点儿。

土改的时候，老太奶那股成分是地主，老太奶和四爷都挨斗。土改二三年后，老太奶死了，她活了七十多岁。

四爷四奶都怕老太奶，谁都不敢气她。孙子辈里有个王赐福，我得叫他二大爷，他敢气老太奶。

二大爷脑瓜好使。念私塾得背书，老师用针往书上扎，扎几页得背几页。二大爷看一遍就记住了，背得呱呱的。背完书，他到一边耍皮影，别的学生都没心背书了。

老师告状，二大爷挨板子。有一回二大爷害怕了，跑到我家，我奶奶给他在屁股上缠了好几层布。回去再挨打，怎么也差点儿。

有一回，四爷打儿子，无论怎么打，老太奶脸也不开晴。

逼得四爷没办法，掏出匣子枪要崩儿子。

老太奶这才放话："中了，就这样吧。"

后来，二大爷也抽大烟，多了抽，少了扎，血管都硬了，一个疙瘩一个疙瘩的。家里啥事他都不管，油瓶子倒了都不带扶的，别人给他起外号叫"大不管"。

有一回，共产党的队伍从隆盛河路过，有人说他是胡子，他说不是。

人家再问："你是不是胡子？"

他说："是。"

"使啥枪？"

他说："大炮。"

"在哪儿呢？"

他说："在我家洋火匣里装着呢。"

"你报啥号？"

他说："德元。"

实际上他小名叫德元。他这么瞎说一通，人家知道他不是胡子，是胡说。

二娘不到四十岁先死了，二大爷死的时候不到五十岁。

五太爷叫王世珍。分家以后，十间房那儿有个烧锅，绥化跟前还有一百垧地。他自己在家抽大烟，让管家薛老勇给他经管烧锅。

第一年，薛老勇说买卖不好，赔钱，五太爷卖了四十头牛。

第二年，薛老勇还说买卖不好，赔钱，五太爷卖了四十坰地。

第三年，薛老勇还说赔钱，五太爷说："中了，烧锅和那些地我都不要了。"

五太爷不剩啥了，薛老勇在十间房那儿越过越有，还找了个小老婆。

后来听说，薛老勇得病了，想死死不了，浑身疼得难受。他跟小老婆说："你赶紧到隆盛河找王老五，把家产还给人家，我的病就好了。"

小老婆哪舍得呀，没捎这个信，薛老勇生生疼死了。

土改的时候，五太爷家的成分是贫农，薛老勇家是大地主，薛家后辈人没少受罪。

我太爷叫王世臣，排行老二，爱养鹰，经常骑着马，架着鹰，领着狗，上甸子撵兔子和野鸡，回来不空手。

他临死抽了三年大烟，第一年，他卖了七匹马的一挂车，连车带马加上鞭子都卖给人家了；第二年，他卖了四十坰地；第三年，他卖了一百坰地。

发送太爷的时候，四爷回来主事，夏天在家搁二十一天，来的人多，一天杀一头猪。发送完太爷，我家还剩一百多坰地。

我爷爷叫王云禄，他们这辈就他能干，日子过得很好。

五爷、六爷、七爷、八爷那几股，一样分的酒坊、房子和地，没几年都败光了。没地方住，都住到我爷爷家，赖着不走。奶奶没办法，给他们在外面盖了几间房子。

他们啥都不干，庄稼好了，都到我爷爷家地里整，不让整就到家里作。奶奶生气，把他们送到乡公所。在那里待几天，还得花钱往外抽，家里都有老婆孩子呢。把人抽回来，套上车，人和粮食一起送回去。打那以后，也不往乡公所送了。

过了几年，这几股都走了，有的去了

王云禄六十多岁留影。王恩友提供。

海伦，有的去了齐齐哈尔，有的去了新疆。一股扔下一个闺女，有的把闺女聘礼都带走了。这些姑都是我奶做主，买完陪送，再送到婆家。我家也成了她们的娘家，到了冬天，我爹经常套上爬犁，把她们接回来住娘家。

我爹叫王赐学，亲哥四个，他是老二。到他们这辈，家里还有一百多垧地，一个烧锅。我大爷王赐安去世早，我爹主事，三叔王赐栋、老叔王赐俊都认干（注：能干）。

我三叔从小稀罕马，为了马，差点儿把命搭上。有一年，一帮胡子从隆盛河过，有个胡子的马死了，牵走我家一匹马。

王赐学五十九岁留影。1975年摄于兰西县照相馆。王恩富提供。

我三叔那时候二十多岁，人家走到哪儿，他跟到哪儿，跟胡子跟了七八天。到了（注：读liǎo，到底），人家在别的屯子又整一匹马，把马给他，他才骑回来。

还有一年，日本人让出劳工，出匹马跟个人就行了。三叔非去不可，他怕马死在那儿，跟马一块去了伊春山沟。

他们住的是临时工棚，四下漏风。吃的是苞米粒，一天三顿。人在山里伐树，把马套到爬犁上，往外拉木头。马拉了一冬天木头，三叔吃了一冬天苞米粒，干活儿慢了还挨打，能活着回来都是命大。

那年三叔三十岁左右，从伊春回到家，一口牙全掉了。身上的虱子往火盆里扫，啪啪响。

不到五十，他双目失明，五十多岁动脉硬化，六十左右去世。这辈子，他一口牙没镶。

一九四四年，日本拓荒团来到隆盛河。他们拓啥荒啊？我们家一百多垧地，好地都归他们了，就给几个钱。好好的酒坊，给了几个钱，也是他们的了。拓荒团也是一家一家的，刚来的时候，跟当地人住南北炕，也有的住东西屋。

我爹一看在隆盛河没法待了，边边拉拉剩十多垧地，租给别人种。爹套上车马，带着一家老小去了青冈北边，给李文屯的地主王大骡子种四六地。家里有牛马羊，还有两挂车，收了粮食，地主和咱家四六分成。

冬天没事了，我爹他们哥仨赶这两挂车去山里，拉小米进山，拉木材出来。山道难走，前面牵着马，后面赶着车，累的时候棉裤湿透。

哥仨怕遇上胡子，半夜喂完马就走，起早贪黑，半个月一趟。他们一个冬天跑三趟，一趟能挣两匹好马。

家里有钱了，我爹要买一百垧地，没买。真要买，就出事了。

日本投降后，李文屯土改，地主王大骡子让人打得半死不活。

我家属于雇工，开始划的成分是贫农。

兰西有个人，外号刘大神，到青冈北串门。听说我家是贫农，他不干了，跟人家说：“谁不知道他家开过烧锅，地多的时候三千多垧？他家可是大地主。”

别人说：“听说了，后来不是败了吗？他家的地跟酒坊，不是还让日本人抢走了吗？”

刘大神说：“船破有帮，帮破有底，底破了，还得有三千六百个钉哩。”

有了刘大神的话，我家的成分改成富农，后面好几辈都是富农成分。

以前，我家常年有要饭的，场院里的粮食随便扛。不怕人家扛，就怕人家祸害咱。有个老谢头，是个跑腿子，山东人，在我家待着不走，帮着干活儿。

土改的时候，我家常来飞爬犁，一爬犁穷人进屋，相中啥拿啥。人家上我家搬东西，老谢头说："这玩意是我的，不能动。那玩意也是我的，不能搬。"

他这么拦着，柜、箱、缸、坛子啥的，还给我家留下点儿。

我叫王恩富，到我这辈，老王家人更多了。只为富农成分，年轻的时候耽误不少事，干得再好也是三等工分，不说了。

隆盛河现在这几股，家家能干，过得都挺好。

摆　谱

兰西县隆盛河李家,祖上在河北乐亭马头营,祖上叫李旭先,李旭先有三个儿子:李树、李森、李林。

李旭先去世后,有年大旱,在家不好过,李树和李森下关外,跑到黑龙江,在兰西北边头窝棚落脚,给人家扛活。混好了回去找三弟,李林不知去了哪里,问了很多亲戚,都说不知道。这股人从那以后丢了。

在外扛活,娶媳妇不容易。李树娶的是老张家闺女,老张家男人死了,女人精神不太好。结婚以后,跟他们一起过的有岳母,还有李张氏的一个妹妹一个弟弟,弟弟才六岁。

几年以后,哥俩攒钱买了车马,给人家种四六地。李树想帮弟弟张罗媳妇,提了几个,李森没相中。辽宁那边过来一个人,听说李森找媳妇,说他帮着找,辽宁那边找媳妇容易。

李森带着钱跟媒人去了辽宁。媒人领来的闺女,他一眼就相中了，要模样有模样，要个头有个头，没啥挑的。

他把钱给了媒人，准备婚事。

过了几天娶媳妇，媳妇换人了，长得难看不说，脖子上还有鼠疮。

李森去找媒人，媒人说："你就这点钱，还想找啥样的？就这个人，你想领走领走，不想领走你自己回去，钱是没有了，我都给人家了。"

李森心里窝囊，可人生地不熟，没处说理去，钱都花了，还是把人领回去吧。

这个媳妇给李森生了仨闺女，个个有鼠疮，大闺女、三闺女没多大就死了。二闺女二十多岁的时候，找了个四十多岁的大夫做填房，以为咋也能治好，没过几年也死了。

李森这边没儿子，李树那边人丁旺，光儿子就四个：春山、春林、春生、春秀。春山、春林都上过两年私塾，年纪不大去三合屯，给买卖人家当伙计。春林在韩家小铺站栏柜，才十五岁，算账记账都行。老哥俩一商量，把春林过继给李森，还有过子单呢。

春山、春林在买卖人家待得时间长了，讲究起吃穿，还学会抽大烟，一年到头，拿不回来几个钱。

日本人来了以后，买卖不好做，哥俩都回家了。那时候，张家弟弟不光娶妻生子，儿子都娶媳妇了，老李家、老张家还在一起过呢。家里开荒，有几十亩地，还给人家种四六地。

日本开拓团到了头窝棚，好几十户。日本人让他们把五间大草房腾出来，住到隆盛河去。日本人还缺个跑腿的，各处送信，李春山给日本人当了联络员，天天到日本人那里去一趟，穿一身洋服棉袄，改名李秀峰。

李树去世以后，李张氏管家，李春林管事，他也穿得板正的，不下地干活儿，还支使媳妇沏茶，他往炕头一坐，一杯接一杯喝。

背地里，人家管这哥俩叫"大买卖人""二买卖人"。这俩外号，在那片叫得可响了。

那些年，经常起胡子，胡子砸窑专砸有钱人家。他们家不算有钱人家，胡子也经常去，见啥好抢啥。

有一回，门口来了几十个胡子，家里女人多，就怕胡子起歹心。春林跟胡子头说："你们饿了吧？我给你们张罗饭。"

他嘱咐家里的女人："赶紧拿盆和面，做面条，谁也不许吱声。"

那顿饭用了一袋子面，胡子吃了一肚子面条，拿些东西走了。

大舅哥死后，家里房顶漏，大舅嫂跟俩孩子没处躲，春林帮着张罗修房子。

修房子这天，从北山来了仨胡子，骑着马挎着刀。胡子问："谁家盖房子呢？有没有管事的？"

春林怕胡子对大舅嫂起歹心，站出来说："我管事，房子不能住了，修补修补。这家没钱，你们到别处看看吧。"

一个胡子掏出刀扎过来，第一刀没扎上，第二刀扎到他左胳膊动脉上，都扎透了。胡子里有个人姓丁，他说："这不是老李二哥吗？"那两个胡子一听他们认识，骑马都跑了。那时候没啥药，用酒洗洗，上点儿花椒面就包上了。

春林骑马告到警察署，李张氏知道了，说："在人屋檐下，这事别追了，给他留条命吧。"

姓丁的进过监狱，出来后搬到二窝棚，后来又搬走了。

外面来人，走到家门口，问："这是老李家吧？"

他们说："是。"

人家要是问："这是老张家吧？"

他们也说："是。"

老李家跟老张家在一起过了四十三年，加一块四十三口人，后来过不到一堆去，想分家。他们从外面请了几个明白人，帮着分了几天，算是把家分完了。

这个大家分成三大股，李树一股，李森一股，老张家一股。李树这股归秀峰、春生、春秀哥仁，李森这股归春林自己。

分完家，李张氏来找春林："老二呀，我还得从你这儿要出半股来，也算我肚子没白疼一回。"

春林心里有气："你从我这儿要出半股，算给你养老送终了？"

李张氏说："算是吧。养老送终你不用管了。"

春林拿出半股，给了那哥仁。

土改的时候，给春林家划的成分是贫农，往外交了一匹马和一个板仓，分给他家一间半破草房，跟老尹家住东西屋。那房子在村子最西头，前面是大沟，西边是水库，后面是山，离东边的人家一百多米，中间还是地。

听说西边沟里有几只狼，常在跟前转，有一个是花脸狼。西院老尹家在门旁立根杆子，上面挂上破铁桶，在桶梁上拴条绳，绳头拴个铁圈。屋里人听见动静就拉绳，铁圈打在铁桶上当啷当啷响，狼就吓跑了。

春林跟媳妇趟过一回地，他在前面赶牛，媳妇在后面扶犁。他不会用牛，牛不走直道。小脚媳妇不会扶犁，犁的地深一下浅一下，东一下西一下。他拿着鞭子大骂媳妇笨，从那以后再不下地，穿得板板正正各处转，回家以后，还让媳妇烧水泡茶。

那时候，哪个单位都缺有点儿文化的人。春林不光算盘打得好，字写得也好，听说他写的小字跟印的似的。县里银行要他，他没去；供销社让他去，他也没去。后来成立粮食收购点，村上请他去核算，帮几天忙，他去了。

县粮食局来人，看他算盘珠子打得哗哗响，这边有人报数，那边账就出来了，总账一点儿不差，让他到县粮食局当会计。他说："不行，我得给我儿子张罗结婚。"

都说二买卖人聪明，是人精，不知道为啥他没出去混，是改朝换代了他看不清，还是想摆谱让人抬轿来请他。

以后，没哪个单位找他了。他每年最风光的时候，是生产队年底算总账，会计过来请他，他拿大算盘过去。在生产队屋里，会计念账，他哗哗打算盘，一帮人围着看。会计念完账，他算完，分毫不差，他们生产队哪年都先算完账。

实行互助组的时候，没人跟二买卖人插伙，他只能单干。

第一年单干，家里种的苞米，收拾秋的时候，媳妇掰下来苞米穗子，一袋子一袋子往家背。她五岁裹脚，站时间长了脚疼。站不住了，跪在垄沟里往前挪，背一袋子苞米，路上连滚带爬。

雪都封地了，苞米还没弄回来，媳妇急得直哭，二买卖人不管，该喝茶喝茶。媳妇娘家侄子干完地里活儿，帮着把苞米穗子背回来。

西院老尹家一年年不修房，那边房子倒了，人家搬走了。春林没办法，在原地盖了两小间土坯房。吃水井在大沟里，挑水得上下坡，没有辘轳，打水得用自己家木水桶往上拔。

春林有两个儿子两个闺女，老闺女叫桂琦，一九五一年生人。六七岁的时候，她就用铁壶往家拎水了，七壶是一桶，她拎七壶水，妈和姐姐就少抬一趟。

那时候，屯子西边就他们一家，桂琦听到狼嚎吓得不行。房子矮，没有院墙，没有大门，窗户是纸糊的，她总怕花脸狼爬窗台进屋。到现在做梦还常梦见狼，一个花脸狼下巴搭在窗台上往屋里看。

家里穷到啥样呢？她六七岁没衣服穿，十五岁才有裤衩，六月份照小学毕业相，她穿的还是破夹袄呢。

分家以后，老四春秀去了青冈，搬到媳妇娘家那儿。大买卖人跟老三春生一起过，住东西屋。土改的时候，这哥俩的成分也是贫农。

大买卖人水笔字写得好，专写拳头那么大的字，屯子人都找他写春联。听说他算盘打得也好，这哥俩到底谁厉害呢？有说二买卖人厉害的，也有说大买卖人厉害的。大买卖人会"袖里吞金"，不用算盘算账，你报个数，他口算大数，手算小数，两下加一块，数就出来了，跟用算盘差不多。

土改以后，镇里找他上班，一堆空位子让他挑，他不挑，扭头回家待着。他说："让我伺候他们？我才不干呢。"

大买卖人上午不下地，下午才到地里干活儿，头上戴草帽，手上戴一副白手套。春生当面不给他好脸，背地里更是骂他。

当爹的不干活儿，人家不给好气，桂春六七岁就下地了，三叔在前面赶牛，他在后面扶犁趟地。

桂春长大以后，两家分开过，大买卖人更像老爷子了，没事出去转转，回家往炕头一坐，顿顿吃小灶。家里有白面，媳妇得给他留着，白面吃完了，媳妇到外面借，打了麦子再还人家。

桂春媳妇刚结婚的时候，不知道这规矩，她也给公公做小灶，白面吃完，没啥做小灶，饭菜都一样。

吃饭的时候，大买卖人拉长脸，用筷子敲饭碗，一边敲饭碗一边说："这饭咋吃啊？这饭能吃下去吗？"

他不吃。

桂春媳妇知道公公这是挑理了，以后没白面，她也到外面借，家家白面都不多，一次借一碗半碗的。人家知道她不容易，能借都借给她。

大买卖人给日本人当过联络员，"文化大革命"的时候要斗他。他已经得了肺结核，下地得人搀，没挨着斗，六十多岁死了。

二买卖人活了七十多岁。

桂春这辈，老李家十一男五女，听说也有爱摆谱的，但跟上辈比，差多了。

一九四四年的瘟疫

　　赵殿芝的老家在黑龙江省肇源县茂兴镇，她家以前在赵家窝棚给人家种地，后来她爸赵成忍不想种地了，到茂兴油坊干活儿，一家老小十口人在西街赁了两间房子。

　　一九四四年阴历七月，茂兴有了瘟疫，老百姓还不知道。

　　跟爸一起干活儿的，有个人一大早还好好的，干着干着活儿说肚子疼，谁都没在乎。不大一会儿，他上吐下泻，站不住了。

　　爸把他背起来送回家，这个人当天就死了。

　　晚上，爸跟二叔说："这茬拉肚子挺厉害，听说死好几个了，咱都加点儿小心。明天干完活儿，咱俩到泡子里弄点儿鱼吃吧。"

　　第二天早上，爸病了。先是肚子疼，汗珠子啪嗒啪嗒往下掉，紧接着上吐下泻，吐完了泄完了，浑身滚烫，连声地要水喝："我渴！我要喝水！我要喝凉水！"

　　妈要去井台打水，奶奶给叫住了："拉肚子喝凉水，越喝越厉害。别给他喝水，让他挺着吧。"

那年，殿芝虚岁十三，身下有两个弟弟，一个妹妹，还有一个小姑，比她小一岁，她眼看着爸一点点不行了。开始歪在炕上，后来满炕打滚要水喝，折腾得没劲了，当天就死了。

茂兴接连死人，已经买不到棺材了。房东想起来，有个精神病女人得病早，也是又拉又吐，家里买回棺材，她的病好了。

二叔叫赵成海，他从人家手里买回棺材，当天把爸埋了。

爸没了，家里哭声一片。哭得最厉害的是奶奶和妈，奶奶没了大儿子，妈没了丈夫。

第三天早上，妈也病了，肚子疼，上吐下泻，浑身滚烫，难受得满炕打滚，要水喝。

奶奶哭着问二叔："这次拉肚子咋还传染呢？老天爷，是不是想要咱全家的命啊？"

二叔低着头，啥也没说。

奶奶抹了一把眼泪，跟二婶说："这可咋办？咱总不能等死吧？你们先把孩子都关起来吧。"

二叔把五个孩子关到仓房里，从外面顶上门。

中午的时候，二婶送来点儿吃的。

跟爸一样，妈也是一声连一声喊："我渴！我要喝水！我要喝凉水！"

二婶说："要不就给嫂子喝口水吧，她喊得太可怜了。"

奶奶说："不行。拉肚子不能喝凉水，那是坑她呢。"

听着妈高一声低一声喊，几个大孩子跟小姑一齐哭。小妹小，才两岁，还没舍奶，哭着哭着睡着了。

妈的喊声越来越小。

下午，妈也死了。

奶奶哭了一阵，跟二叔说："咱家没别的东西，就剩大柜了。你把柜腾出来，把你大嫂埋了吧。"

家里有个大柜，装零碎东西。二叔和二婶腾出柜，把妈装进柜里，当天就埋了。

不管殿芝他们咋哭咋喊，奶奶也没让他们出来见妈最后一面。

那些天死的人多，家家大门紧闭，街上一个人也没有。死了人想往外埋，找不到帮忙的人。

幸亏隔着一家住着姓张的正骨大夫，他家有辆马车，套着一匹马拴在外面，谁家死了人，随便用。二叔和二婶把柜抬到马车上，二叔把妈拉出去埋了。

第四天早上，二叔也病了。跟爸妈一样，他也是先肚子疼，上吐下泻，后来浑身滚烫，热得满炕打滚，要水喝："我渴！我要渴死了！我要喝凉水！"

奶奶跪在地上，哭着喊："老天爷，你给我留个儿子吧，我可就这么一个儿子了！要是他也死了，俺这一家人可没法活了！"

哭了一阵子，奶奶从地上爬起来，跟二婶说："咋死都是死，要水喝给他喝，你到井上打新凉水，让他死痛快点儿。"

二婶到井上打回新凉水，房东帮着灌进二叔的嘴里。二叔喝进去就吐出来，吐出来的水滚烫；喝进去再吐出来，吐出来的水还是滚烫。

二婶再去打水，房东帮着灌，二叔吐出来的水一次比一次凉了。

奶奶跟二婶说："棺材没了，柜子也没了，咱家就剩炕席了。要是老二没了，就用炕席卷吧。"

二婶也不吱声，一趟一趟往井上跑。二叔喝下冰凉的水，再吐的水也冰凉，后来喝下的水没吐，还睡着了。

二叔睡醒一觉，看见奶奶哭，赶紧说："妈，我八成没事了。"

奶奶说："好了就好！好了就好！老天总算开眼，还给我留了一个儿子。"

奶奶好几次跟殿芝说："我真后悔啊，你爸你妈要凉水喝，我咋就不叫给呢？要是给他们灌凉水，是不是你们还有爸有妈？"

最开始，有人说这个病是霍乱，以前茂兴闹过霍乱，死过很多人。后来听说这是瘟疫，西街死了不少人，有个邻居一家六口，死得一口没剩。

那场瘟疫闹了一个多月，阴历七月开始，到了八月才过去。

二叔二婶生过俩孩子，都没成活，也没再生。妈怀孕的时候跟二婶说："这个孩子不管是男是女，舍了奶我就给你。"

二婶说："好。"

妈生下的是小妹，还没等舍奶，人就没了。

爸妈没了，他们都成了二叔二婶的孩子，二叔一个人养活

赵殿芝与张喜龙。1984年摄于肇源县茂兴镇。赵殿芝提供。

八口人。那时候有个俗话：添粮不如减口。小姑虚岁十五，奶奶给找了婆家；殿芝虚岁十七，嫁给邻居张喜龙。

张喜龙的爸死得早，喜龙妈三十六岁守寡。

分家的时候，爷爷说："我跟我孙子过。"爷爷会正骨，他把手艺也传给了孙子。

瘟疫过去了，喜龙妈惦记着东街的闺女。

她到闺女家，屋里屋外没见着人，女婿低头抹泪。

亲家母跟她说："人没了好些天，得病当天就死了，死了就埋了。"

喜龙妈哭着回家，一股急火上来，看不清道了，别人帮着送回家。吃了很多药，都不管用。

殿芝结婚的时候，四十岁的婆婆已经双目失明。夫妻俩领着婆婆去哈尔滨大医院检查，大夫说："可能是哭着的时候睡着了，眼底已经坏了，治不好了。"

婆婆生过六个孩子，活下三个，到最后就剩下一个儿子。她跟儿媳妇说："孩子少了不行，你多生几个吧。我不能帮你看孩子，等孩子会走路了，你给孩子腰上系个绳，绳子那头拴在我腰上。"

殿芝听婆婆的话，生了八个儿女。

张家祖辈都种地，正骨不挣啥钱。毛病轻的，捏好就走；需要上药的，给个药钱；道远的，留下住一宿；没钱的，啥都不要。过年的时候，有些看过病的带着罐头和点心来谢大夫，她家的罐头跟点心，能吃到第二年春天。

20世纪80年代末，赵殿芝在自家院里。赵殿芝提供。

殿芝从不说自己咋好，婆婆活到八十二岁，爷公公活到九十。

殿芝的孩子，管二叔二婶叫姥爷姥姥，弟弟的孩子叫爷爷奶奶。小妹十二岁得病死了，他们姐弟为两位老人养老送终。

听说闹瘟疫的时候，日本人去过茂兴，看看就走了。

日本投降以后，听说那场瘟疫和日本人有关系。那时候，日本人在黑龙江拿活人做实验，还整啥细菌战。

一家七十口

纪秀兰跟俺住一个小区，今年七十五岁。

当年，老纪家的太爷挑着挑子，从山东要饭来到辽宁昌图，落脚的地方是后来的太平公社牛庄大队。

来的时候，太爷带着一个儿子；到辽宁开荒种地后，又生了仨儿子。爷爷那辈哥四个，秀兰的爷爷是老三。到了爹这辈，哥们十一个，妯娌十一个，老少都算上，七十口人。

家里有两个做饭的，十一个妯娌轮班炒菜。青菜下来的时候，谁该做菜了，谁去菜园子里摘菜。

纪家有大院套，四个角有四个炮楼，哥十一个轮流打更。

以前东北胡子多，纪家不敢跟胡子硬打，多数时候看见胡子来了就跑，往山上跑，牵着牛马，赶着猪羊。女人带着孩子，带上衣服布匹往穷人家藏。胡子哪回来，都把这个家拾掇光。

有一回，秀兰姥娘家来了胡子，一家几十口人正睡觉哩，一点儿准备没有。胡子把牛马猪羊和粮食全抢走了，好被子，好衣服，家里值钱的东西套上马车装，大人孩子倒是平安。

那时候穷人难过，没吃，没穿，没钱。富人也难过，怕胡子来抢。孩子不敢出门，怕胡子绑架。要是绑架了有钱人家的孩子，胡子要很多钱，就是把这个家全卖了，也整不来那么多钱。你不送钱，胡子就把孩子的耳朵割下来一个，用布包上，还放一封信，告诉你再给几天时间，再不送钱就撕票。

这样的事，纪家没摊上过。

纪家过年，从腊月十五开始忙，有淘米的，有上碾子碾面的，有和面的，有弄豆馅的。妯娌十一个一起包豆包，一边包一边冻，冻好了放到仓子里。

除了自己家七十口人，纪家还有六个长工，两个放猪的，两个放羊的，两个做饭的。八十二口人吃饭，吃到天热刨栅子的时候，过年蒸的豆包才吃完。

这几个月，不光吃豆包，还煮苞米糙子，捞小米饭，吃苞米面大饼子，吃高粱米干饭。那时候东北白面少，过年过节才能吃顿白面饺子，来了贵客烙回白面饼，平常黏豆包就是最好吃的了。

纪家男人穿的衣服都一样，冬天一样的布料，夏天也一样的布料。闺女和媳妇穿啥，纪家不管。这十一个妯娌一个比一个脚小，多数门当户对，穿衣服靠娘家，也有的织布纺棉，挣钱买自己和闺女的穿戴。

家里七十口人住十五间草房，上屋五间，东屋五间，西屋五间。五间房的中间都是厨房，支锅，两头四间房住人。哪屋都是对面炕，炕中间放长桌子和凳子吃饭，哥俩住一个屋。

一九四五年，秀兰五岁，纪家分家。分家以后，纪家各户划的成分都是中农。

打四平和长春的时候，不知哪里来的那么多兵，从她家门口过，过了三天三夜。打四平打了半个多月，爷爷去四平抬担架，看见死人没数，横躺竖卧的。

不打仗了，要抗美援朝，哥两个得去一个。秀兰的二哥中等个，长得俊，有精神头。他验上兵了，乐够呛，来领兵的那个人也很喜欢他。

爷爷不愿意让二哥当兵，愁得总吸烟。要换军装了，爷爷把烙铁烧得通红。二哥正睡觉哩，爷爷掀开被子，嗞啦嗞啦两声，他把二哥的屁股烫烂两处，疼得二哥咬着牙在地上转圈，又疼又气。

那年二哥十八岁，没能当兵上战场，哭了好几天。

装进麻袋的闺女

徐明明家是河北的，四岁没妈。妈死了以后，她没过一天好日子。爸给她娶了后妈，这个家后妈说了算。后妈生了孩子，她得抱着，要是不抱孩子，就得喂猪、做饭，干不好就挨打。

姥娘有病，惦记着没妈的孩子，常叫舅接过来住。明明穿得破破烂烂，舅妈看不上她，住不几天，舅妈就把她撵回来了。

十六岁那年，后妈跟她说："姥娘想你，叫人接你去。"

来的那个人她不认识，后妈让她跟着走，她就跟着走。

走了一会儿，明明一看，这也不是去姥娘家的路呀，她停下来说："咱走错了，上俺姥娘家不是这条路。"

那个人说："你姥娘就在前边屋里等你哩。"

走到前面的屋门口，他把明明往里一推："找你姥娘去吧。"

这屋里地上有十七八个闺女，有的哭哭啼啼，有的皱眉头。

明明问："这是哪里啊？我姥娘呢？"

地上有个闺女看了看她说："哪里有你姥娘啊？你不知道

吗？你家里把你卖给人贩子了。"

明明说："我家不能卖我，我得回家。"她回头开门，门在外面顶上了。

明明喊："开门！快开门！我得回家！"

外面的人说："你后妈把你卖给我了。老实待着吧，不老实收拾你！"

到了天黑，进来几个男人，先用绳子绑住她们俩手，再把她们四五个人一串绑在一起，嘴里塞上东西。不知道他们从哪里又整回来十几个闺女，也是这样绑住，嘴里塞上东西。那几个人赶着她们上船。船上的男人更多，有十多个，手里都拿着枪。

也不知道在船上坐了多长时间，她们到了一个地方，有人把她们的绳子打开，再一个一个装进麻袋，麻袋上边缝上，留一个小口，三十多个闺女都装进麻袋里。

人贩子把她们拉到一个地方，听着外面闹哄哄的，三十多个麻袋摆在地上。

明明听见人贩子跟人讲价，买主想看看人长得啥样。

人贩子说："不能看，麻袋上面有口，你过去摸摸手，看中哪个要哪个，长得好歹你回家看吧。"

有个男人摸了摸明明的手，说："好歹就是她吧。"

明明听见那个人雇车，雇好车把她装到车上。拉到地方，那个人把车打发走，把麻袋打开。

明明吓了一跳，那个人太黑了，他笑了笑，牙白得吓人。

那个人说："到家了，你跟我回家吧。"

那个人拉着她上了船。船不大，船上有锅灶。那个人就是明明的丈夫，船就是丈夫的家。

明明在船上住了五十多年，老了不中用了，老两口在石城岛岸上买了房子，船留给孩子。她一辈子没出过岛，没回过娘家。丈夫比她大十一岁，对她很好。

一九六八年，石城岛的部队开忆苦思甜会，非让她讲讲过去的事，明明跟当兵的那些人说了。说了一回，再不想说。

山啸以后

辽宁以前有个建康县，建康县有个二道沟子，二道沟子有家姓邓的。他家两个儿子五个闺女，穷得一床被都没有，冬天都穿带补丁的棉袄。

邓家的棉袄里都钉四个扣，棉裤腰上有四个鼻儿。冬天的晚上扣上扣子，棉袄和棉裤连在一起，棉裤腿往下拽拽，能盖住脚，晚上就这样熬，一年又一年。

打仗的时候，年轻人都往外逃，二闺女叫日本鬼子看见了，一枪打在腿上，她忍着疼往高粱地里跑，日本鬼子没追上。那年二闺女十八岁，没钱买药，也没发炎，枪子儿留在腿里一辈子，她瘸了一辈子。

二闺女十五岁就订婚了，婆家是本村的，姓霍，对方叫霍玉宽，家里排行老大。

过彩礼的时候，霍家给了半个家织粗白布（注：半个布是现在的三十尺），五斤扒桃子的棉花，两盒粉。好棉花是自己裂开的，不好的棉花自己裂不开，硬扒出来的棉花毛短。就是这样的棉花，也没弹。订了婚，她就是老霍家的人了，家里外边都叫她"老霍"。

老霍十八岁，霍家要娶，听说男人家穷，老霍不愿意结婚。

老霍想看看霍玉宽长啥样，她家有个叔伯三姑跟婆家是邻居，就隔一道矮墙。叔伯三姑把老霍接到家，中午吃饭的时候，老霍隔着墙偷看，霍玉宽大个子，不丑，就是黑，铲地刚回来，在院子里洗脸呢。

二十二岁那年，霍家要娶亲，老霍管她哥借钱，想染染半匹白布。她哥也穷，娶的媳妇瘫，啥也不能干，哥有时候做点儿小买卖。哥说："把你的布给我一半，我就给你钱。"

她一生气，没染布，做了一床被就结婚了。婆家给她买了一个大柜，还有一个柜跑。柜跑像现在的梳妆台似的，上面有个小镜子，有抽匣，里面能放梳子、篦子、香粉啥的。

婆婆有五个孩子，婶婆也有一帮孩子。结婚以后，老霍嫌婆家人多，不愿意待，回娘家住。

有一天，玉宽来接老霍，说："分家了，你回来吧。"

婆婆和婶婆分了家，家里还有九口人。

过了几年，老霍生了三个孩子，家里人多，又把老霍五口人分出来，自己过。

玉宽给财主家做长工，一个月回家两回三回的，阴历九月九才给工钱。老霍白天给财主家刮大烟膏，晚上给财主家搓麻绳，她舍不得点麻油灯，在月亮地里搓。挣到两个铜钱，她买回十斤八斤高粱，用个小石头磨放在炕上拉。

连着下了几天雨，没活儿干，家里眼看要断顿了，她对六岁和四岁的小姐俩说："我去你舅家借点儿钱买点儿粮，你们看好小弟，我走快点儿，用不多大会儿就回来了。"

她家到哥家有五里路，隔条小河沟。哥没在家，去赶集卖绿豆粉条了，她在门口看见妈。

妈问："你咋来了？"

老霍说："俺家没粮了，跟俺哥借点儿钱买粮，到九月九俺还给俺哥。"

妈说："来家吧，你嫂子在家里哩。"

老霍说："俺哥不在家，俺不上家去了，孩子还在家饿着呢。"

妈不当家，家里有米有面，她不敢给闺女，就会哭。

老霍是小脚，妈到园子里拽了一根毛磕秸，叫闺女拄着。

刚走不远，大雨来了，她顶雨往家走，毛磕秸一会儿就不能用了。往远处看，山上白花花的，那也得往前走啊，三个孩子还在家饿着呢。

走着走着，山上忽地往下喷水，石头也往下骨碌，水和石头劈头盖脸下来，把老霍推到河沟里。老霍在水里漂，一会儿上来一会儿下去，鼻子眼睛里全是水。裹脚布、裤腰带、头绳都给冲走了，她使劲抓住裤腰，怕裤子冲走了没法见人。

从上午十点漂到太阳快落山，老霍想："八成没救了，俺妈一辈子吃斋念佛，她闺女快淹死了，咋没人救呢？"

那是六月，大地的高粱还没出穗，老霍看见河沿上有棵粗高粱，已经有大红穗子了。老霍用力往高粱棵那儿去，抓住高粱用力往上爬，爬到岸上，喝水喝得饱饱的。

走出喷水的地方，老霍看见有个石板，四周没人，她坐在石板上，把裤子裤子都脱下来，拧拧水再穿上，撸了撸长头发上的水，光着小脚强打精神往前走。

她大脑还清醒，知道回家的路。

走了一会儿，听见有人说："你们看看，那是人，还是鬼呀？"

问话的是邻村的王家大小姐，她和很多人站在高处看水哩。

老霍说："我是人，不是鬼，我叫水淹了。"

她再往前走走，有人认出她来了，说："这不是邓连弟的妹妹吗？"

王家大小姐心眼好，把老霍领到家，送给老霍一双鞋一副裹脚布，找了条绳扎腰，找根柳木棍子给她拄着。她让老霍从上边走，上边水浅。

这会儿天晴了，老霍从坡上边走了三里多路，水还到肚脐子呢。

老霍走到家，小姑子看着三个孩子哩。三个孩子看见妈进屋，哇哇哭，老霍也哭。早上走的时候，锅里留了一碗粥，三个孩子光哭了，谁也没吃。

小姑子问："嫂子，你咋了？脸咋这么黄？"

老霍说："赶上山喷水，石头也往下滚，差点儿没淹死。"

事后才知道，那是山啸。

三天以后，山啸过去，老妈蹚着水送来几个铜钱。老霍买了几斤高粱，把小磨搬到炕上，磨成高粱粝子（注：高粱不去皮，磨成的高粱渣子）。

老霍背着一个孩子，领着两个孩子，上山采野鸡膀子。把野菜洗干净，放上两团子菜，再放上半碗高粱粝子，煮粥吃。

这天老霍家来了个亲戚，这人是贩大烟的。他说，黑龙江地多，粮食家家有的是，家家过年杀猪，蒸黏豆包，蒸馒头。

老霍听说黑龙江这么好，想去黑龙江。

玉宽从地里回来，她对丈夫说："咱去黑龙江呗。"

玉宽说："去黑龙江不像你说得这么容易，我不去。"

老霍生气，说："你不去我去，我领孩子去。"

她去跟妈说："我想去黑龙江。"

妈说："老霍，你走了，我想你咋办？你还有两个闺女，给闺女订婚，要二斗粮食吧。"

老霍说："妈，不行，俩闺女换来四斗粮，吃完了还是挨饿，我得走。"

妈咋说，也留不住闺女，哭了。

老霍哄妈："你别哭，我不去了。"

回到家，她把结婚时婆家给的大柜、柜跑和幔子杆全卖了。

玉宽看媳妇真要走，没办法，跟东家说："我要去黑龙江，把我的工钱算了吧。"东家把工钱给了。

姐姐妹妹听说老霍要去黑龙江，都来看看。

老霍磨了点儿高粱面，用开水烫烫，放上野菜放点儿咸盐，没放油，包了一锅菜团子。

姐妹吃完，走的时候，老霍跟她们说："你们千万别告诉妈，等我走了再告诉她。"

第二天走的时候，哥和二小叔子来送，哥家条件好点儿，买来一斤光头，说走路喂孩子。二小叔子牵来一头毛驴，车上就一床被，里面卷着几个饭碗、几双筷子。

送到换车的地方，老霍跟那哥俩说："我家有一小堆柴火棒，给孩子姥。还有一堆树叶，给孩子奶。这些都是我背着孩子捡的。"

去火车站的车还得等会儿走，老霍想再看看家里人，哥和小叔子不见了。

老霍想："他俩咋走了？"

回头看，两人蹲在树下放声哭哩。

老霍也哭了。

老霍说："咱们都穷，谁也帮不了谁，这不都是穷给逼的吗？我实在是没办法了，要有一点儿办法，也舍不得离开你们，舍不得离开妈。"

哥哥哭着问："妹妹，咱还能再见面吗？"

老霍说："只要我死不了，还能见面。"

老霍一家人到了火车站，买了去哈尔滨的车票。

到了哈尔滨，下来车，谁也不知往哪儿走。看着几个下车的，穿戴很好，跟着他们走。

他们进了一个门，老霍家也跟着进去了。

这屋里有个走廊，走廊两边一个门一个门的。

有人问："你们住店呀？"

玉宽说："住店。"

这人开了一个房门，说："进去吧。"

一家人进去了，这人在外面把门锁上了，一个空屋里啥也没有，第二天早晨才有人来。

玉宽跟人家说了很多好话："俺们是逃荒要饭的，你们行行好，放了俺们吧。"

人家放了他们，一家人出去找郭瘸子屯。郭瘸子是霍玉宽的干舅，奶奶的干兄弟，他第一个在当地落脚，走路踮脚，那个屯子就叫郭瘸子屯。

人生地不熟，他们费好大劲儿，才在青冈找着郭瘸子屯。

这个郭瘸子是个财主，一家人都很好，过年的时候来了要饭的，他要留住三天才让走。看老霍两口子手脚勤快，干舅说："你们哪里也别去，就在我家住吧。"

听干舅说，他们第一天在哈尔滨住的地方是野鸡房子，就是窑子房。那些人下了火车，是去逛窑子，他们跟着去，容易出事，幸亏没事。

霍家住下来，一天三顿饭吃得很饱。

过了些天，郭家门口来了一辆马车。

老霍有个三姑，也在黑龙江，辽宁的爷爷给三姑来信，说你侄女投奔你去了，得好好对待她。三姑接到信，打发家里的长工来接他们。

老霍没见过这个三姑老，不想去。

长工说："东家说了，亲姑在这儿，不能住别人家。"

亲姑来接人,郭瘸子不留了,那个屯子离郭瘸子屯二十多里,一家人都上了马车。

三姑厉害,外号老母鸡,她给了他们一间屋,给了口锅、小米和玉米面,没事总数落老霍:"一样过日子,你们咋过的?咋能这么穷呢?"

在三姑家住了五天,三姑说:"你老在俺家不行,得找房子搬家。"

老霍说:"找房子得你找,我谁也不认得。"

过了几天,三姑说:"给你找着房了,跟人家住对面炕。"

玉宽给三姑家干了十八天活,三姑给了十斤白面一块肉。

三姑说:"面和肉先别吃,得请人吃饭。"

老霍问:"都请谁?"

"请房东、我和俺家人。"

老霍把白面放到炕头上,第二天,白面成了一个坨。她去找三姑,问咋回事,三姑说:"你咋啥也不懂呀?刚磨出来的面湿,你放炕头上不行。我给你个箩筛筛吧,好的明天请客吃,不好的你自己吃。"

请完客,十斤面和那块肉没剩啥。

知道三姑瞧不起他们,玉宽不在她家干了,到别人家当长工。

没有烧的,他们全家出去捡柴火,老霍背着一个孩子,领着俩。

看见黄豆地里有不少豆叉子,他们又捡黄豆,白天上地捡,夜里砸豆棵子,借房东的簸箕簸。

捡到阴历十月，他们捡了一石多黄豆。

三姑家磨豆腐，她来问："听说你家捡了不少黄豆？"

玉宽说："是。"

"我跟你换小米吧，一斤黄豆换一斤小米。"

玉宽说："行。"

他们换来一石多小米，有吃的了。

刚有了吃的，老霍病了。她想妈想得吃不下饭，后来转成伤寒病。伤寒病发烧，那时候也没退烧药，干烧，烧得人发傻。孩子小，老霍病得自己不能梳头，头发都梳不开了，头上身上虱子很多。

没法整了，玉宽给她剪成秃子。东家心眼好，知道家里媳妇有病，常让玉宽回家看看。玉宽回家以后，把媳妇棉袄棉裤脱下来，翻过来用扫帚扫，虱子进了火盆，啪啪响，还起点儿烟。虱子多得治不了了，玉宽把裤子和单裤套到棉袄棉裤里，隔几天，抽出来，用开水烫，虱子慢慢少了。

有天夜里，老霍梦见两个鬼，一个拿着铁链子，一个戴着高帽子。家里穷，没有门，门口吊着门帘子，那俩鬼掀开门帘进屋了，脸色黑青。

他俩进屋说："快快快，快起来，跟我走。"

老霍说："等我穿上衣裳，我还光腚哩。"老霍放声喊，"玉宽，快来给我穿衣裳，我跟他们走。"喊了半天，没喊来人。

戴高帽子的鬼拿出来一块白布，上边都是字，他说："错了，不是她。"

两个鬼掀开门帘，走了。

从那以后，老霍身体一天比一天好。

老霍有四个孩子，大闺女叫叶，二闺女叫白，儿子叫成子，最小的闺女叫淑华。

大闺女有病了，身上没劲，不想睁眼，看了很多大夫，都说没病。没办法了，找跳大神的看。

跳大神的说："这是外病。给叶找婆家得找十里以外的，结了婚就好了。结婚不过百天，不能回娘家。叶的病是阴间小伙子看她长得好，要跟她结婚，闹她呢。"

老霍按大神说的做，给叶找了个婆家，离家十五里路。

结婚以后，叶的病真好了。就是一百天不叫回家，她受不了。结婚两个多月的时候，叶想偷着回娘家，她是小脚，拄着棍子往前走。

丈夫在地里赶着牲口趟地，离老远看见媳妇，他往马屁股上打了一鞭子，这垄地很快趟到地头。

他问媳妇："你干啥去？"

叶说："回家。"

"大神不是说了吗？过百天才能回家哩，别回去了。过了百天，我赶车送你回家。"

叶来了犟劲，咋劝也不行。丈夫气急了，抽她一鞭子。

叶坐在地上哭，她哭的地方是个坟子，娘家没回去，病了。

叶十七岁结婚，十八岁就死了。

老霍的孩子长得都好看，白从小就白净，找的婆家是个财主，订婚过彩礼，婆家给了霍家一匹瞎马。

丈夫长得难看，还缺心眼。有一次两个人吵架，白在炕里，丈夫拽她的脚，把她拽到炕边打。这下骨头错位了，找了几个大夫没看好，肿得穿不了自己的鞋。

家里没啥给妈，自己种的园子里西红柿红了，白挎一篮子西红柿，拄着棍子回娘家。这五里地，她趿拉着男人鞋，一瘸一瘸的。

后来，脚心烂了个窟窿。

后来，烂到骨头。

大夫说："得把脚锯掉。"

没钱去医院，找了个大夫，在婆家把脚锯了。

锯掉脚第十天，白想干活儿。干活儿脚疼，不干活儿脚也疼，还是干活儿吧。她帮妈给弟弟做了双棉鞋，坐不起来，躺着做的。

家里穷，丈夫又不懂事，自己就剩一只脚了，白心里难过，想想就哭。有病了，没钱治，二十四岁就死了，撇下六岁的男孩。

白快不行的时候，老霍去看闺女，白说："妈，我死了，你千万不要哭，我不是你的孩子，我是要账鬼，是来管你要账哩。"

老霍哭得满脸是泪。

两个聪明漂亮的闺女死了，辽宁的老妈也没了，到黑龙江十几年，她买不起回辽宁的火车票。

起初老霍哭，后来想开了。

土改后，霍家有了地，还有那匹瞎马，日子有奔头了。

老霍活到九十三岁。

给俺讲故事的是霍家最小的闺女淑华，这个最小的闺女如今也七十多岁了。

当年小猪倌

　　王奎家在四方台，家里穷，他七岁给地主放猪。妈有病也没钱治，忍着，十岁那年妈没了。

　　一九四五年，王奎十四岁。日本人投降，四方台斗地主，他没猪放了，来到绥化叔伯叔家，婶子对他很好。

　　那时候，绥化北门外有个日本人的飞机场，很多老百姓都去飞机场抢东西，他也跟人家去了。好东西都让人抢完了，院里就剩些破烂，他看见有一摞板子，搬一大块扛到市场，卖了几块钱。

　　长这么大，第一回有钱，他把钱揣进破衣服里，光着脚丫子四处走，跟野孩子似的。

　　走到现在的绥化二中那地方，看见院里有不少苏联红军，他们拿着钱，在里面比比划划，像是要买吃的。

　　听说他们爱喝酒，王奎找来几个汽水瓶子，一个瓶里装半斤酒，再兑上水。一瓶酒他八分钱买的，兑完水卖给苏联红军两角钱。

去早了不行，门外有三个站岗的，看着站岗的过去了，他再过去卖，腰里插的六瓶酒一会儿就卖完了。有的给钱，有的给东西。

当时，日本女人关在飞机场里，日本男人关在二中西边屯子里，苏联红军在外面看守。王奎到那边屯子看，日本人在里面比划，要买吃的。

他买了一篮子麻花，趁看守不在，跑到跟前卖。刚卖了两根麻花，他正低头找钱，一个日本人把一篮子麻花都抢走，麻花倒光，空篮子给扔出来，把他气坏了。

第二天，他又去卖麻花，篮子底下垫一块板子，上面摆一层麻花。他一到，一帮日本人把钱伸出来，他收了六张大票，把篮子往里面一扔就跑了。

有一回，王奎卖酒，叫苏联红军纠察队看见了。他在前面跑，纠察队在后面追，放了两枪，没打着他。

他跑进一个院子，这家男人看见他藏门后了，没吱声。

纠察队过来，比划要找孩子，男人往旁边一指，纠察队往那边追去。

纠察队走远了，他从门后出来，男人打了他一巴掌。人家怕万一歹人进屋，祸害他媳妇。

王奎吓病了，高烧，睡了一个月。

嗓子破了，不能吃干的，婶子天天做粥给他喝。

病好了一看，他换来的东西和钱全没了，都叫叔拿去赌了。

一九四七年正月，听说望奎那边招兵。王奎过去看，两个征兵站都不要他，嫌他年纪小个头矮。

到了第三个征兵站，人家还不要他，他不走。

有个当官的问他："你会干啥？"

王奎说："我会放猪，我从七岁给地主放猪。"

当官的说："咱有几头猪，叫这小孩给咱喂猪吧。"

王奎后来知道，那个当官的是个营长，叫苏泰武，江苏人。苏营长看他穿的棉袄棉裤里外开花，让人给他一个黄棉袄，过了些天又给他一条小棉裤，虽说是旧的，王奎可高兴了。他以前的棉袄棉裤黑天白天穿，穿了两年，里边虱子可多了。

王奎穿着新袄裤，干活儿更来劲了。喂完猪，扫完院子，看营长媳妇洗衣服，赶紧帮着打水。

营长媳妇是青冈学生，嫁给苏营长时间不长，她说："你又喂猪又扫院子，够辛苦了，我自己来就行。"

王奎说："我的活儿干完了，闲着也没事。"

喂猪喂了三个月，苏营长让王奎给他当内勤，就是后来说的通讯员。一天三顿吃饱饭，有鞋有帽有被盖，王奎手上脚上的冻疮都好了，个子也长高了。

五个月以后，部队住到绥化南门外以前的国高学校，他背上驳壳枪，成了警卫员。

部队要打仗了，他们坐进闷罐车，过了哈尔滨就听见枪响。他们坐到肇东，下了闷罐车，往肇州去。国民党的装备好，他们的装备不行，常打游击战，在吉林、辽宁转着打。

那时候，东北冷，雪也大，挖不动战壕，常用雪块垒战壕。

打长春的时候，国民党六十军待在城里，共产党的部队在城外围住，围了七个月。

听说，长春城里的老百姓饿得树皮都吃光了，一个大饼子就能换个大闺女当媳妇，六十军吃的也不多了。国民党飞机带吃的过来，不敢飞太低，怕共产党的高射炮给打下来。飞机只能在高处，用降落伞往下扔吃的。落到城里的，有些让老百姓抢了；落在城外的，就是共产党的了。

七个月后，六十军起义，长春解放了。

长春解放后，王奎给师长当警卫员，他们是四十九军一百四十七师，师长叫郑纯志。

林彪在齐齐哈尔开高级干部会，研究解放东北的事。这边开着会，那边部队往锦州集中。高级干部会开完，锦州也让部队包围了。

国民党从关内调来四个师，坐船从葫芦岛上岸往锦州来，共产党的部队这边拦住，在黑山打了一场恶战，两边都死了很多人。听说有个营在那儿打仗，活着回来的就二十三个人。

打完仗，黑山那里没一棵好树了，都是残枝败叶。地上让炮弹炸得一个坑一个包，那些包就像一个个小坟包似的。

王奎他们师到锦州时，锦州已经解放了。别的部队休整，他们去打沈阳，从铁西打，一天就打下来了。

阴历快到十月了，部队发棉袄，没发棉裤，发的是夹裤。打开沈阳城，国民党仓库里有衣服，他们拿了套在身上。

部队在沈阳待了一个多月，都以为没事了。当兵的大多数是东北人，他们以为马放南山，该回家了。

部队接到命令，领导赶紧开会，让他们打起精神头，解放全中国。

部队从山海关进关，先打塘沽，塘沽的国民党很快撤了。

晚上战壕里冷，首长有棉大衣，他跟王奎说："你到跟前屯子看看，找点儿柴火抱回来坐，是不是也暖和点儿？"

王奎往屯子走，经常让东西绊住，一摸是死人，他们叫"死倒"。他走到北边一户人家，院里一点儿柴火没有，屋里黑灯瞎火，门敞着。看样子人都跑了，他想进去看看，厨房有没有柴火。

他抹黑进屋，冷不丁让人抱住一只脚，他往上抬脚，人家也跟着起来，一声不吭，吓得他脑袋都大了。下腰一摸，这人冰凉，是个死人，他把脚插进人家胳肢窝了。那时候不怕死人，怕活人，这回他一使劲，脚就拿出来了。

到了前院，他看见好像有几堆柴火，走过去看是个窖口。趴在窖口听听，里面有说话声，有男人，有女人，好像是没撤走的国民党兵。

他站在窖口大喊："你们干什么的？赶紧出来！"

里面一点儿动静都没了。

他接着喊："赶紧出来，你们已经被包围了！再不出来，就往里扔炸弹了！"

从窖里出来一个人，王奎喊："把枪扔下！手放到脑袋后面！"

一共出来四个人，三男一女。幸亏是从窖里一个一个出来，先扔枪，要不他一个人，还真难对付他们哩。

王奎把他们押到师部，首长亲自审。

这四个人是国民党的电报员，部队撤退的时候，没人告诉他们。

一次抓了四个人，收了一个电台，王奎立两个小功。

一九四九年，解放桂林后，他跟首长住到白崇禧公馆。广西山多，土匪多，国民党撤退的时候，留下不少人和武器，也在十万大山里。那时候，共产党的一个连队，不敢随便住一个屯子。

有一次，他跟首长去阳朔。县里领导汇报完工作，首长要去金保区看看，三个警卫员一个马夫跟着首长骑马去了。

五个人先住在区长院里，这个区长以前是国民党时候的区长，新中国成立后还用他。

首长跟王奎说："你到屯子外面看看，有没有相当的房子，最好在今天来的路上，晚上咱们出去住。"

王奎在来的路上真找着一个房子，两层楼房，外面是砖墙，院里很干净。房主是国民党家属，丈夫死后，她留在这儿教书。

王奎说："我们是下来工作的，一共五个人，想在你这儿借住一夜，不知道方便不方便？"

女老师说："没什么不方便，你们想住就住吧。"

吃完晚饭，五个人到楼上住下。首长说："这里土匪多，你们几个轮流站岗。"

轮到王奎站岗，他听见墙外有说话声，不是一个人。肯定听说金保区来了共产党大官，土匪盯上来了。

王奎跟首长汇报，把那几个人也叫起来，首长悄悄说："别惊动他们，要是他们动手，上墙一个打一个。趁他们没动手，咱们先撤。"

　　首长让王奎骑马跑在最前面，那两个警卫员一左一右，骑兵师来的马夫上马快，不用蹬就能飞身上马，他在后面压阵。关键是出门就开枪，左边的往左开枪，右边的往右开枪，打他们一个冷不防。

　　安排好了，五个人冲出来，王奎的马跑得最快。

　　跑出来几里地停下来，一个人没跟上，不知道那几个人死活。

　　他骑马往回找，半道上碰见首长他们有说有笑。

　　一个警卫员想起来，文件还在那家，藏在地窖里了。

　　首长说："咱回去拿吧，逮不到咱们，他们肯定走了。"

　　他们回去一看，土匪真走了。

　　几天后下大雨，水淹石桥。蹚水过桥，水过膝盖。马夫牵着首长的马和自己的马一起过桥，一匹马让水冲走，马夫也跟着让水冲走了。

　　首长找到跟前的村干部，说明情况，请他们帮忙打捞。

　　村干部很为难。

　　首长说："我身上没带钱，捞人和棺材的费用，你明天到县政府去拿。"

　　半里地外有个坝，村民在坝根捞到马夫的尸首，就地埋了。听说马夫也是绥化人，家里就一个老娘，王奎不记得他的名字了。

　　第二天，村干部到县政府拿钱，钱没拿到手，还让县领导教育了一通。

王奎标准照。
1954 年摄于海南岛。
王奎提供。

王奎与媳妇合影。1954 年摄于海南岛。
王奎提供。

　　新中国成立后，王奎到长沙第五步兵学校学习二年零七个月，头半年学文化，后两年学军事。毕业以后，他去了海南岛，在那儿当中尉连长。

　　领导专门给他假，让他回家找媳妇。介绍人介绍了好几个，人家姑娘听说结完婚要去海南岛，都害怕，谁都不知道海南岛在哪儿，怕他是个骗子。

　　后来还是在四方台找到媳妇，一是两边知根知底，二是姑娘没爹没妈。他们在海南岛待了几年。

　　一九六○年，上级号召家属回乡参加生产劳动。媳妇家里没啥人，她回绥化，王奎也跟着复员回了绥化。他在绥化食品厂当书记，当到退休。

投　奔

　　王立，一九二二年出生在天津宝坻，后来家搬到望奎，他在莲花高小上学。念完高小到绥化考国高，三十多个学生去，就他考上了。

　　一九四四年，王立从"国高"毕业。那时候，咱中国还是小日本的天下，东北叫"满洲国"，啥都得听小日本的，不听整死你。

　　"国高"毕业后，学生得给日本人当兵，现在叫伪满兵。

　　年底检查身体，王立合格，训练三个月。真正当兵，已经是一九四五年四月五号。

　　他们去的地方在富裕。富裕北边是山，从山上排下来的，有一站、二站、三站、四站、五站，到了五站，就出山了，王立他们在四站。

　　山上没有房子。军官有帐篷，帐篷跟蒙古包似的。正营长是日本人，副营长是中国人，他们都住在帐篷里。听说副营长是讲武堂毕业的，讲武堂是张学良办的，日本人信不着他。

王立他们当兵的，住在地窨子里。地窨子里铺些干草，他们就睡在地上。

有时候听见炮弹声，离他们还远，他们一仗没打。

有天晚上，中国军官给大伙开会，说有情况了，小心点儿。

半夜里，中国军官领着他们偷偷走了。

他们绕着山走，从富裕的四站走到黑河。

黑河已经不是日本人地盘，让苏联人打下来了，他们到这儿来，是投诚。排长以上的，安排到别的地方住；他们当兵的，都住在黑河西郊粮库。

王立那时候知道，中国有个毛泽东。他以为，离开日本人就能见着毛泽东了，没见着。

有的说："咱在这儿等着吧，等毛泽东来接咱们。"

粮库里还有不少粮食，苏联人让他们天天往船上扛粮食，船把粮食运到苏联。

有人小声嘀咕："日本人来咱中国刮地皮，苏联人这不也刮地皮吗？"

等了很多天，越等越难受，王立偷着问刘国清："咱得等到啥时候？毛泽东啥时候能来呀？"

刘国清是克东人，也是"国高"毕业的。两人一商量，还是偷着跑吧，回家等毛泽东去。黑河在北边，家在南边，一直往南走，准能回到家。

他俩偷着跑了，跑到黑天，走到一个屯子。

他俩想找个人家住一夜,站在人家门口喊:"家里有人吗?"

喊了半天,没人出来。

他俩进了院里,喊:"家里有人吗?"

喊了半天,还是没人出来。

屋门没锁,他俩推门进去,屋里一个人都没有。

他俩在这家住了一夜,这一夜也没人回来。第二天早上起来,在屯子里碰见一个老爷子,老爷子看见他俩赶紧走。

他俩紧着追,老爷子紧着跑,听见他俩喊大爷,老爷子才停下来说:"吓死我了,以为你俩是日本人呢。老百姓怕打仗,都跑山上去了,我岁数大,跑不动了。"

他俩打听完道,接着往南走,碰见老百姓,离老远喊话。遇到两人个头差不多,他俩商量人家换衣裳穿,人家摸摸日本人的军服,又拽了拽,就把自己的衣裳脱下来给他们了。

穿上便衣,他俩舒服多了。

有人问他俩干啥的,他俩说是劳工,日本人倒台了,他俩也回家。

走了好几天,他俩走到孙吴,找到火车站。火车站上人可多了,都往南去。他俩好不容易挤上火车,坐到北安火车站。在北安下了火车,刘国清直接回克山,王立走着奔望奎。

外面兵荒马乱,家里人以为王立没了。

王立回到家,家里杀了一头猪,请屯子里的人吃喜。

回到家,王立还是打听,毛泽东在哪儿,他好去投奔。毛泽东没来,林枫和刘咸一回到望奎,在高贤成立了滨北专署,管哈尔滨以北的事。

刘咸一跟王立都是海丰人，还是屯亲。听说刘咸一以前留过洋，有本事，王立去高贤投奔他，说："我要跟你做事。"

刘咸一说："我们这是干革命呢。你要是跟我干，一是很苦，二是很危险，你怕不怕？"

王立说："不怕。"

刘咸一说："你要是不怕辛苦，不怕危险，明天你就来吧。后天我就走了，还有别的工作。"

王立在专署里看见几个人很面熟，有的给日本人当过警察，现在也给专署做事。他想："到底是几个留洋学生，连这样的人他们都要，他们做的事好像不牢靠。"

第二天，王立没去高贤，以后后悔也晚了。

一九四六年，村干部找到王立，让他在信五村当老师。时间不长，县教育科来电话，让他到高贤当主任教员。主任教员就是校长，那时候不那么叫，就叫主任教员。他在高贤烧锅上吃饭，顿顿有酒喝，就是一分钱不开。他白干活儿，晚上住在学校。

暑期，县里培训老师，培训了半个月，白天黑天上课，讲革命史。这下，王立明白了，刘咸一和毛泽东干的是一样的事，他要是早点儿知道就好了。

一九四七年，高贤成立了区，王立成了学校校长。

那时候，高贤光有高小，没有国高，高小毕业以后都不念书了。王立当校长以后，让村干部通知下去：高小毕业的学生，愿意上学的都可以回学校来，接着念书。十里八乡的学生回来几十个，有的都是孩子爹了，回来接着念书。

到了秋天，区长找到王立："区里马上收粮，找不到开票记账的人，你能给我找几个学生不？"

这回王立敢吹了："你要多少人，我这儿都有。"

高贤这个学校，培养了很多人。

后来，王立当了高贤区副区长，又做了望奎县的政务秘书。

他当政务秘书的时候，赶上抗美援朝。丁国裕刚从朝鲜战场下来，到望奎县征兵。

抗美援朝，保家卫国，望奎报名当兵的人很多。

在县政府食堂吃饭，只剩丁国裕和书记、县长、王立了，县长问："老丁，朝鲜战场上怎么样？"

丁国裕说："第一次战役，我的一个团，死得没剩下几个。"

老丁掉泪了，书记、县长和王立都掉泪了。

王立跟俺是邻居，老干部。提起这事，他半天没出声。

俺男人

俺男人一九三六年生，前面三个男孩都死了，爹娘怕他死，想找个儿子多的认干娘。姓徐的四大娘有三个儿子，人家不愿意，说："俺不能认干儿，认干儿，妨自己的儿。"

爹娘咋说都没用，后来人家说："俺的孩子叫大认、二认、三认，你孩子就叫四认吧。"

俺男人的小名叫四认，大名张富春。排着人家的孩子叫，爹娘总算把他拉巴活了，后来还有了俩弟弟。

俺婆婆是个不愿吃亏的人，在生产队里总吃亏，吃点儿亏就五马长枪地骂。公公听婆婆的，哪年收完粮食，两口子都卖粮，领孩子到龙堌集上听戏吃喝，过完年就得吃糠咽菜，叫人瞧不起。

结婚第三年，俺男人虚岁二十。俺回娘家住了十多天，回来听婆婆说："你走了，俺儿要当家，他说他当家，粮食够吃的，叫俺骂了：'驴屄日的，你还没褪屎皮子哩，你当家？等你爹和俺都死了，你再当家吧！'"

一九五八年吃大锅饭,时间不长家家挨饿,俺男人先来东北。打那以后，他就当家了。

他当家以后，俺家朋友多，差不多天天有客人，俺这辈子好像有做不完的饭。

俺最怕过年了。人家两口子都到俺家看老人，从初二到初六，家里哪天都三大桌，自行车放在院里，跟存放自行车的地方似的。

早晨三点钟，俺就起来切菜切肉，准备午饭。再把早饭做好，全家吃了。收拾完了，客人来得早的就到了，花生、瓜子、糖块早就摆好了，一大壶茶泡好了，倒茶，拿烟，陪着说话，一家一家接待。

十点半，俺就把两个凉菜端上桌，再炒六个热菜。他们喝上酒，俺赶紧把馒头热上，馒头是提前蒸好的。哪天都是三十多口人，俺、婆婆和孩子都上不了桌。把客人送走，俺们吃剩饭剩菜。

俺男人陪客人喝酒，哪次都喝多。等他醒醒酒，俺收拾完碗筷，还得到有老人的人家拜年。到了人家，他接着喝，多数要推着自行车回来，到家快半夜了。

过年串门，讲究的拿四合礼，两瓶酒、两瓶罐头、两斤蛋糕、两斤苹果。多数人拿两瓶安达产的银泉白酒，再拿两斤蛋糕。

一九七〇年，老毛子跟咱中国关系不好，听说要打仗，俺全家搬到山沟去建砖厂。清净了一年多,山沟里的朋友又上来了。有来买砖的，有派出所的，有粮店的，都到俺家喝酒。山里人酒量大，喝起来没完没了。俺男人不会说不会道，谁知道他哪来的这么多朋友？

有一回，俺男人跟谷会计外出办事，走到一个小饭店想吃饭呢。走到屋里，看见俺厂子工人刘双利和宋传林，他们吃完饭，不敢出去了。这两人都会些武术，听说宋传林把绳子一扔，就能扔到八米高的松树上，抓着绳子能上树，还能在树上站起来。

他俩刚跟四个人吵了一阵，那四个人说："想打架，咱出去打，不要耽误人家生意。"

宋传林说，这四个人里，有两个会武术的山东人。吵架的时候，一个人点着桌子吵，他点几下，桌子上就留下几个坑。他俩不是人家对手。

有个山东人在外面叫号："有种，你出来打，出来才算有种哩！"

俺男人把兜子交给谷会计，让他经管着。他把外衣脱了，撸起袖子，出去了。

他跟那个山东人说："听口音你是山东人。老乡，你想打架吗？想打架跟俺打，开始吧！"

那四个人啥也没说，走了。

俺男人回来说这事，俺说："太危险了，你啥都不会，人家要是打你一顿，你冤不冤？"

他说："俺准备好了，他们要是打，俺赌着叫他们打。俺就说：'俺不跟你们打，因为你是俺老乡。俺要想打，你们四个也打不过俺。'这样，让看热闹的知道，俺是仁义君子。"

到了十月份，山沟里就冷了，夜里上冻，砖厂停产。

有一天，忽地来了三十多个巨野老乡，说是来找张富春的。俺男人一个都不认得，这三十多个人也都不认得他。

多亏砖厂停产，多数工人回家，把宿舍倒出来了。俺男人把他们安排到宿舍，要不这么多人，连住的地方都没有。

俺男人叫俺炒一盆咸菜，端到食堂。他用食堂大锅给他们做了黑天饭，又把宿舍大炕烧上。

这帮人叫俺男人给他们找活儿干。俺男人说："对不住了，俺厂子工人还没活儿干哩，俺实在没处给你们找活儿。你们从哪里来的？"

有个人说："从齐齐哈尔来的，那里的活儿干完了。有人说你有本事，能在山里给俺找着活儿，俺就来找你了。"

俺男人说："这山都是采伐过的，山上工人都没活儿干。"

老乡都带着铺盖，在宿舍住了一夜。

第二天，俺男人在食堂给他们做的小米饭，炒的土豆丝，他们吃完早饭，走了。

俺男人买猎枪的时候，俺和婆婆没拦住。俺娘儿俩养两年的两头大肥猪都卖了，他去公安局办枪照，买枪，买枪衣，买子弹，猪钱没剩啥。

双筒猎枪买回来以后，他跟俺说，这双筒猎枪这么好那么好。俺跟婆婆都说："再好的朋友，你不能借枪给他，万一出了事，那就是你的事。"

他说："记住了。"

山里有个退伍军人，是俺男人的好朋友，他说："张哥，我在部队练得枪法好。你把猎枪借给我，打回野兽，咱就有下酒菜了。"

俺男人说："俺家两样东西不借，枪不外借，媳妇不外借。剩下的东西，只要俺有，你随便借。"

那个人走了。

有一天，他上山打猎，看见个大黑瞎子，吓得他顺着羊肠小道赶紧跑。跑了一会儿再看，离黑瞎子还是这么近，接着跑。脚底下一软，叽里咕噜（注：物体滚动的声音）滚下山沟。山沟里苫房草跟腰一般高，他往上爬了爬，两手端着枪，冲着黑瞎子那个方向，吓得心怦怦跳。他都想好了，只要黑瞎子过来，他就放枪。

等了一阵子，黑瞎子没过来，心也不那么跳了，他想回家，不知往哪儿走。他后来跟俺说："俺从来没迷过山，那滋味可难受了。"

他坐在那儿想了很长时间，想起大概方向，深一脚浅一脚往前走。大约走了半个小时，才走到那条羊肠小道，走上回家的路。

走到家，俺男人上炕躺下，俺给他泡了一壶茶送去，问他："你咋这时候才回来？"

他把经过说了一遍，笑得俺肚子疼，躺到炕上笑。

俺问："你咋不开枪呀？"

他说："俺没放过枪。俺要是打不准黑瞎子，它再追上俺，把俺摁倒吃了，谁也不知道。放枪，那不是引火烧身吗？"

俺接着笑。

他说："你还笑哩，今天快把俺吓死了。俺是个记路的人，今天咋不知东西南北了呢？"

俺问："你还去打猎吧？"

他说："不去了。"

过了些天，下班回家，看见家里来了人，俺男人说："这是公安局的王兄弟，快点儿炒菜。"

俺打了招呼就炒菜，他俩喝酒。

姓王的说："张哥，你的枪杆直溜不？"

俺男人说："俺的枪是新枪，一枪没放，当然直溜。"

姓王的笑了，说："一听你就是个外行，我问的是猎户的行话，就是问，你的枪打得准不？"

俺男人说："一枪没放，准不准俺也不知道。"

以前俺男人找过这姓王的，帮老乡和朋友落了好几个户口，人家啥都没要过。喝完酒吃完饭，人家把双筒猎枪背走了。

人家刚走不远，婆婆就骂开了："你这个血败家子，俺们养了两年的两口大肥猪，你一点儿劲没费，送出去了。你哪个冬天都买半拉猪的猪肉，买这么多肉，咱一家人没好好吃过一顿肉。这顿剩菜没吃完，下顿剩菜又来了，净吃人家的剩菜了。"

俺男人笑嘻嘻地说："娘，娘，你别生气，明天俺给你炒菜，咱一家人也好好吃顿肉菜。"

第二天中午，俺男人做了四个像样的肉菜。就是这样，婆婆也骂了他好几天，心疼那两头猪的猪钱。

一九七三年，听说一时半会儿不打仗了，要撤点，砖厂黄了。俺家回到安达，俺男人到二砖厂上班，管后勤。砖厂来了订砖大户，外单位来人，外地来参观的，上边来领导，他都陪着吃喝。从早忙到晚，一个月工资五十多块钱。俺婆婆说他儿子，"穷身子，富肚子，吃好的，跑路子"。

有一天，俺家来了四个男孩，都十八九岁，管俺要路费。

这四个孩子俺一个都不认得。

有个孩子说："俺都是龙堌集的，俺是老蔡家的。"他说他是俺叔伯姐姐的孙子。

俺男人把俺拉到一边说："看这孩子有点儿像老蔡家的人，咱给他三十块钱吧。"

俺给那孩子三十块钱，够他一个人回山东的路费。那时候俺是临时工，一个月才开四十二块钱。

有个包工头叫老三，巨野老乡，在安达包工程盖楼。听说俺男人在山里能买到木材，比木材公司的便宜，他跟俺男人说："你给俺拉一车吧。"

俺男人带着自己的钱，雇个汽车去山里了。去了五六天才拉回来，老三好不愿意，说："你也不是个办事的人，你跟俺说两天回来。到这时候才回来，耽误俺工程了。"

俺男人说："山里下雨了，车出不来。"

这车木材，俺家一点儿没挣钱，算上雇车费用还赔了点儿。

老三看了看一车红松板材，又好又便宜，跟俺男人说："俺还要一车，跟这车一样。"

老三点了八千块钱给俺男人，俺男人转手给了那个司机，跟他说："你再拉一车跟这车一样的板材，这两车的运费也在里头呢。"

那司机年纪不大，看着就是个孩子，他接了钱开车就走。

俺男人回家跟俺说这事，俺问："你记住车牌号了？"

他说："没有。"

"小司机家住哪里？"

"不知道。"

一问一个不知道，俺的头嗡嗡响，白天吃不下饭，夜里睡不着觉。

第七天，小司机还没回来，俺男人也着急了，说："该回来了，咋还不回来呢？"

看他着急，俺再着急也不吱声。

这天夜里，他一夜没睡好，还说："咋回事，咋还不回来呢？"

第八天，红松板材才拉来。

车主跟小司机一起来的，车主说："这里不着急，我们先给别人送了两车。"

车主还说："林场场长说了：'那个叫张富春的再来，叫他到我家来，我跟他交朋友。这样实在的人，现在太少了。'"

一九八〇年，有个巨野县龙堌集的老乡，姓黄，说是来找活儿，在俺家住了两个多月。后来，他在大庆找到活儿，走了。

有一天，公安局的人来了，问："你家是不是住个姓黄的？"

俺男人说："他走了，现在没在这儿。"

人家问："到哪儿去了？"

俺男人说："不知道。"

公安局的人走了，俺男人就去大庆找姓黄的，问他："你干啥坏事了？公安局来俺家抓你哩。"

姓黄的说："没多大事，我出去躲几天。"

没过几天，二砖厂来个人，问："这几天张叔是不是没回家？"

俺说："是。"

"张叔叫公安局抓起来了。"

"为啥？"

"我也不知道。"

俺的头嗡地一响，问："在哪儿押着呢？"

"天泉派出所。"

人家走了，俺上火上得说话都没声了。一夜没睡着，想了一夜也没想出来他犯啥法。

第二天天不亮，俺给他做好饭，送到派出所。

俺问他："人家为啥抓你？"

他说："俺把姓黄的放跑了，他们叫我把姓黄的找着。找不着姓黄的，不放我。"

俺一天两顿给他送饭，来回七里地，回来上班还得像没事似的说笑，光怕人家知道这事，笑话俺。

有一天，公安局的押着他回家了。那年，俺小闺女七岁，俺孙子五岁，两个孩子正在院里玩呢，看见他回来，一个抱住一条腿，放声大哭。

孙子一边哭一边喊："爷爷！爷爷！"

小闺女哭着喊："爸爸！爸爸！你不要走了！"

公公婆婆也哭。

公安局的那个人都掉泪了，掏出手绢擦眼泪说："老张啊，你看你，一个人犯法，一家人跟着难受。"

俺男人跟爹娘说："都别哭，用不了几天，俺就回来了。"

娘问："儿啊，你犯啥法了？"

"没犯啥法，就怪俺把姓黄的放走了。"

"姓黄的犯啥法了？"

"俺也不知道。"俺男人笑嘻嘻地说，"爹，娘，你们不要惦记俺，俺很快就回来了。姓黄的要是来信，给俺送去。"说完，跟人家公安走了。

没几天，姓黄的来信了，俺把信送到派出所。过了几天，他们抓到姓黄的，俺男人才回家了。

后来知道，姓黄的在鹤岗煤矿上管过事，账目不清。

这个人会说话，会办事，让人家带到鹤岗待一年，出来了。

出来以后，姓黄的又来俺家，让俺男人帮他承包工程。那时候，安达正建两个厂子，一个是黑龙江毛纺厂，一个是黑龙江乳品厂，都是两年工程。俺男人帮他包了很多活儿，他们干得很好。

一九八二年开春，不知道为啥，姓黄的和俺男人又给抓走了。这回，姓黄的押到公安局，俺男人在看守所。

听说，这个案子归工商局姓董的人管，俺一趟一趟跑工商局，就是找不着姓董的。还听说，这个案子是全省第二大案，俺一夜一夜睡不了多少觉。

这天，俺又去找姓董的，有人对俺说："他在那屋开会呢。"

俺在屋外等了很长时间，屋里出来一个人，跟俺说："叫你进去呢。"

俺起来，拍打拍打身上的土，进屋了。屋里有不少人，俺现在知道那叫会议室，会议室里有个讲台，有人叫俺上讲台，俺就上去了，俺正好有话要说呢。

俺说："俺是个没文化的人，俺说不好了，请各位领导指正。俺想问问，俺男人没犯法，为啥抓他？俺跟张富春过了三十多年，他的事从来不瞒俺，你们跟俺说说，俺男人犯了啥法？要是张富春犯了死罪，你们跟俺说清楚，枪毙他的时候，俺笑着去，犯了法，应该这样。阴天下雨俺不知道，俺不是气象台，犯没犯法俺自己知道。俺男人有高血压，还有心脏病，你们为啥把一个没犯法的人整到看守所受罪？俺也一身病，现在病成这样，要是俺家破人亡，在座的领导，你们忍心吗？"

有个人问："张富春是不是帮姓黄的承包工程了？"

俺说："对，俺男人帮他承包工程，姓黄的他们出力挣钱，这叫犯罪吗？"

没人吱声。

俺问："在座的各位领导，张富春这叫犯罪呀？"

没人说话。

俺说："这要是犯罪，俺没话可说，你们看着办吧。"

俺走了，家里还有一帮孩子等俺做饭哩。

俺走到家，俺男人在家哩，他骑着别人的自行车回来的。

俺问："没事了？"

他说："没事了。"

俺问："都出来了？"

他说："就俺一个人出来了。你胆子咋那么大，你知道今天开会的都是啥人吗？"

"不知道。"

"安达公安局的，检察院的，市委办的，还有绥化公安局的，省公安厅的，都是大领导。"

在家住了五六天，俺男人又让人抓走了。工商局姓董的去看守所，俺男人问他："我到底犯了啥罪，你们把我押在这儿受罪？"

姓董的说："你道德败坏。"

这可把俺男人气坏了，他问："我是强奸你妹妹了，还是强奸你妈了？"

姓董的说："你咋骂人呢？"

俺男人说："骂人也是你先骂的。"他站起来想打姓董的，叫里边的人拉住了。

俺男人在看守所待了三个月，才放出来，无罪释放。

一九八四年，俺家把奶牛都卖了，买了辆东风汽车跑运输。干了几年赔钱，把车顶账了。

家里养过车，俺男人就注意车的事。

有一天，俺男人从外面回来，后面跟着俩生人。一进院子，他就喊："老乡来了，赶紧炒菜！"

他经常往家领老乡，叫俺炒菜，俺就炒菜，早都习惯了。

等他们坐下喝酒，俺听出来了，这两个人开的大车坏在半道了，站在路边正愁呢，俺男人从旁边路过，一听他俩是山东口音，搭上腔。俺男人说："老乡，别愁，先跟俺回家吃饭，吃完饭俺给你拿钱修车。"

车主说："俺吃不下饭，你能借给俺钱修车，太谢谢你了！"

俺男人问："得多少钱？"

车主说："一百块钱差不多。"

俺男人说："包在俺身上了。"

吃饱喝足，俺男人拿出一百二十块钱，他们修好车，开走了。

家里好不容易攒点儿钱，一下子都拿出去了。

过了十多天，车主从这儿路过，还钱来了。

俺男人问："你现在手里宽绰了？"

车主说："俺回家借的钱。那天多亏你了，要不俺就没法回家了。"

俺男人说："手头不宽绰，你就拿着花。啥时候手头宽绰了，你再给俺吧。"

可能这个人手头一总没宽绰，他再没来俺家。

俺男人喜欢说大话，外人都不知道他有多大本事，用俺婆婆的话说，他是"满许，猛一抹（注：ma，读一声，抹掉，说话不算数）"。

俺跟他说："该咋着就咋着，咱说实话多舒服呀。"

他说："你哭穷，叫人家瞧不起。"

大话说完，他没少受罪，俺也跟着受罪。

有一天，俺大儿媳妇的老爹来了。亲家俩吃饭的时候，亲家说："今年，我家山子结婚，到时候你得帮我点儿钱。"

俺男人说："行行行，这事包在我身上了。"

俺和大儿媳妇都是临时工，平常就他和大儿子上班，一个月开一百多块钱，十二口人吃饭。从头一年十一，到第二年五一，俺家的钱很紧，根本没有余钱。

山子结婚的日子快到了，上俺家来拿钱哩，俺家就四百块钱。俺把四百块钱都给了山子，山子气坏了，说："早知道就这点儿钱，我都不来拿。"

俺说："俺家就能拿出这么多，能拿你就拿，不想拿就不拿。"

山子生着气把钱拿走了。

俺男人也知道这事不咋的，好几年他都不敢见山子。

掉过头去，他照样吹。

俺男人平常不喝酒，一喝酒就多，他说不喝多就是没喝好，喝多了就耍酒疯。

有天晚上，他没回家，俺出去解手，看见院里有堆黑乎乎的东西。俺有点儿害怕，喊两个儿子过来看，孩子们说："那是狗，在那儿趴着呢。"

俺男人嗷一声站起来，醉醺醺地说："你才是狗呢！"

俺们把他扶进屋，他嫌骂他是狗了，闹到半夜才睡下。

还有一回，他喝多了回家，吐得炕上、被上、枕巾上哪儿都是。

俺那时候有结肠炎，身上一点儿劲都没有。俺说："你逮着尿水子往死里喝，喝完回家吣（注：在巨野，人吐东西用"哕"，牲口吐东西用"吣"）！"

他从炕上跳起来，要杀俺，嫌俺骂他吣了。二儿子抱不住他，邻居彦玲过来帮着。两个孩子满脸是汗，他还没完没了的，非杀俺不可。

俺说："屋里的人都出去。"

屋里的人都出去了，俺把门插上，到菜板上拿了一把最快的刀，递给他说："张富春，今天你不杀了俺，你就不是你爹揍的。"俺把头伸过去说，"你砍呀，你杀呀！"

他一动不动，老实了。

俺有思想准备，俺第一次这样骂他，知道他得砍俺，他要砍不死俺，俺再砍自己两刀。

俺说："张富春，你咋想哩？你想俺是怕死吧？你想错了，俺跟你早就活够了。俺看着孩子小，离了妈没法活，跟你将就过。你三天两头耍酒疯，啥人受得了，你想过吗？"

他啥也没说，睡觉去了。

邻居家要接房子，没跟俺家说声，就把俺家的院墙扒了，占了俺院里一米多的地方。

俺去找邻居："你咋把房子盖到俺家院里来了？"

他说："这块地我批下来了。"

邻居接了房子，俺男人生气。他不喝酒不找人家，喝醉了就要找人家说理。

有一天，他回到家九点多了，喝得醉醺醺的，拿个铁锹要去邻居家干仗。俺没劲，抱不住他，摔得俺一个跟头又一个跟头。后来俺抱住他一只脚，死死抱住，好说歹说，算是把他劝回家了。

一九九四年，俺男人突然不喝酒了，俺有点儿害怕。以俺的经验，这人一辈子都很好，突然不好了，他活不长了。两口子一辈子打打闹闹，突然好了，那就有人到寿了。

俺说："富春，你现在这么好，是不是你也到寿了？"

他说："你才到寿了呢，你死了俺也死不了，俺的身体好。"

俺说："现在的日子多好啊，没有战争，不愁吃穿。从前，

1991 年夏天，小闺女张爱玉结婚，张富春、姜淑梅与张爱玉夫妇合影。张爱玉提供。

有钱人说过这话：有干柴细米，有不漏的房屋，那时候就享福了。咱现在比从前的地主、资本家都享福，咱俩好好活。"

一九九六年正月初三，俺做了一个梦，梦见俺家正房要倒，前边裂了八寸的缝，后边也裂了八寸的缝。有个人说："这房子快要倒了！"

还做个梦，俺的食牙掉了一颗，疼得俺两手抱腮。醒了，俺跟老伴说："做梦正房倒，死老人，咱也没老人了。做梦掉食牙，也是死老人。咱俩是谁也死不了，没病没灾咋能死呢？"

老伴说："你有两个老嫂子，俺也有两个老嫂子，也可能她们里面有个到寿的。"

没想到，这年阴历八月十三，很健康的老伴到寿了。他一年零十个月没喝醉酒，出车祸死了。

俺男人现在要是活着，那该多好啊。不用说大话，也有吹的。儿子闺女穷的富的，都团结，到一起的时候都是欢声笑语。孙子在自家房子里开个小饭店，生意很好。孙女、外孙女、外孙子里有两个研究生，还有两个项目经理。不光有了作家闺女，连俺这没文化的人，都成作家了。他想咋吹咋吹。

山东蒙古人

游福良老家是山东省定陶县游集的，俺坐火车回老家，他跟老伴也回老家。俺一眼看出他有故事，一拉真拉出故事来。

他爹叫游登臣，老家日子不好过，十几岁跟屯子里的人下关外，大庆、伊春都待过，哪儿都不好混。

大庆荒草齐腰深，连个房子都没有，十几户人家挖地窖子住下，开荒种地，就是一个新村。

那年秋天，老张家小闺女坐在门口玩，她娘在地窖子里边做饭。一只狼叼起孩子的腿就跑，多亏爹看见，拿着洋叉骑上马撵半天，狼才把孩子放下了。打那以后，两家越走越近。

几年以后，爹回老家娶了娘，娘叫张化珍。娘十一岁没爹，为给姥爷治病，家里能卖的东西都卖了，啥也不剩。姥娘小脚，娘身下有俩姨。娘得天天出去要饭，一个人要饭四个人吃，一尺的肠子饿八寸。结完婚，爹娘回大庆，把姥娘、俩姨外加舅爷爷都带出来。

听说内蒙那边好混，爹要去内蒙，姥娘和姨没跟着。姥娘找了老伴，那人在学校上班，她们都留在大庆了。舅爷爷跟着爹娘来到内蒙，在达赖林场落脚，林场十一户人家，都是蒙古族，就他一家汉族。

福良一九六三年生，全家人都说蒙语，有时候舅爷跟爹娘说话，他们仨说山东话。

该上学了，福良到离林场最近的村里上小学，五六里路，四个男孩子都上一年级，一起上学，一起回家。那时候冬天雪大，房子多高，房子旁边的雪也多高，孩子们经常抠雪洞子玩。

林场怕出事，天天派马车接送，他们都穿羊皮裤子和毡疙瘩鞋。有一天，刮大风下大雪，老板子（注：马车夫）晚去了一会儿，四个孩子自己往家走，迷路了。

林场的人吓坏了，场部派两台马车、几匹马、二三十人出去找，这些人一边扯嗓子喊，一边敲锣打鼓。

天快黑了，才找到那四个孩子。

从那以后，老板子再没耽误过接送。

达赖林场离满洲里一百二十公里，离新巴尔虎右旗四十多里。每年冬天，骆驼车队都去满洲里拉粮食，骆驼拉着木头轱辘车，一个人看五六台车。大年跟前，场部专门派马车，拉着人到旗里买东西。

一九七一年，福良第一次看见汽车，国家给林场拨了一辆。

一九七二年，全家搬到新巴尔虎右旗，当地人管这儿叫西旗，西旗在阿拉坦额莫勒镇。阿拉坦额莫勒，汉语的意思是"金鞍"。

到西旗以后，福良开始学汉语，小学和中学老师都以为他是蒙古人，填表都给他填蒙古族。

上班以后，一天八小时说的都是蒙语，单位还是给他填蒙古族。办公室有个大姐，知道他是汉族，跟秘书说了，秘书还不信，特意问一回才改了。从那，单位里的人都喊他"山东蒙古人"。说实话，福良长得挺像蒙古人，五大三粗，跟铁塔似的。

一九八〇年，福良考上高中，没去上，到井队上班了，一个月工资二十多块钱。舅爷爷不让他找蒙古媳妇，让找山东媳妇。老张家也在西旗，他们家闺女多，因为盼儿子，给闺女起名叫盼、拦、换，盼也没盼来，拦也没拦住，换也没换成。五闺女叫云，老天还真给匀来一个，老六是儿子。他们家三闺女叫张东换，跟福良年纪相当，两家老人爱好噶亲（注：做儿女亲家），把亲事定下了。

一九八五年，爹去世了，娘四十二岁，家里七个孩子，姐四个哥仨都没结婚，男孩里福良是老大，最小的弟弟才八岁。

跟前邻居都说："福良的亲事算是完了，谁家舍得把闺女往火坑里送？"

东换爹跟闺女说："你订婚了，就是老游家的人，咱不能让外人看笑话。"他把东换送到游家，披麻戴孝。

当年，还把婚事办了。

二〇〇六年秋天，福良下乡，草原上没信号。

没等回到家，接到二姨电话，说姥娘连着几天滴水不进，就是不闭眼。

姥娘已经九十多岁，福良是她最大的外孙，她跟外孙说过："俺怕炼人炉，俺不要火化。"

福良跟弟弟开车四百公里，到了大雁煤矿二姨家。

姥娘不会说话了，还认人。

福良说："姥娘，俺哥俩开车来，要接你走了。"

姥娘点点头。

哥俩把姥娘抬上车，一路小心地开回西旗。

刚到家，姥娘就闭眼了。

少数民族地区都土葬，姥娘这回放心了。

满洲里开放以后，福良在满洲里搞过边贸。他会蒙语，会开车，经常当翻译。后来，他调到西旗林业水利局。

娘种一块地，都是自己拎水，七十六岁的人了，拎一桶水走路悠悠的。

他跟俺说，回老家看看行，待不了。他们跟蒙古族的生活习惯一样，离不开牛羊肉，离不开鲜奶，那叫绿色生活。家里三口人，买四只羊、半头牛能吃到开春，年年十一月份，他就把肉备好了。

大　烟

以前，辽宁二道沟子有个霍玉民，三十岁还没娶上媳妇。家里穷，他还总想找漂亮媳妇，那不是做梦吗？

眼看不挣钱不行了，玉民当起货郎，挑起货郎挑子。他不用叫卖，摇着拨浪鼓四处走。没过几年，日子就好起来，媒人找上门。

他娶了个二婚媳妇，这媳妇比他小八岁，大高个，大眼睛，双眼皮，一笑俩酒坑，嘴大点儿，但也不难看。这媳妇就是脸黄，玉民问：“你的脸这么黄，是不是有病呀？你要是有病，咱去看病。”

媳妇说：“我没病，就是这种黄人。”

玉民说：“好，没病就好。”

总算娶到漂亮媳妇，他很知足。

玉民起早吃饭，吃完饭挑着货郎挑子出去，先在本屯子转一圈，再到外屯子转，一天走好几个屯子,黑天才回家。回家以后，能吃上热腾腾的饭菜，小两口过得很好。

一个月后，玉民发现粮食下得太快，他问媳妇："你卖粮食了？"

媳妇说："没有。"

玉民挑着挑子又走了，临走说："我今天回来晚点儿，你不用惦记。"

他把货郎挑子放到别人家，回来偷看媳妇。媳妇用小瓦盆装了一盆小米，端着走到大门洞。

玉民堵住门口问："你干啥去？"

媳妇啥也不说。

叫玉民追得不说不行了，她才说："我去换大烟。我得天天扎大烟，不扎难受。"

玉民说："我要是不抓住你，你还不说。我挣多少钱，也不够你败坏的！"

傍黑天，媳妇犯了大烟瘾，作闹，骂人。玉民打她，她跑了。

玉民看媳妇跑了，叫叔伯嫂子追，嫂子说："这么晚了，你叫我上哪儿去追？你自己去追吧。"

没人找，媳妇跑回娘家了，她在娘家住了十多天，也没谁去接。十多天后，娘家妈把她给送回来了，说："这些天我看着她，没叫她扎大烟，以后再也不叫她扎大烟了。"

玉民媳妇的大烟瘾后来又犯过，她咬牙挺，再也不作闹了。

说起那天生气回娘家，还挺悬呢，玉民媳妇的小命差点儿没了。她刚走出屯子二里多地，两只狼就在后边跟上来了，她快走狼也快走，她慢走狼也慢走。

眼看两只狼追上来，吓得她快跑，她知道没狼跑得快，觉得跑不了了。狼来到跟前，她看也不敢看，路边正好有个半米高的土地庙，她闭上眼睛趴下，一个接一个磕头。

磕了一阵子头，她睁开眼，一只狼也没了。

别人说，是她一阵子磕头把狼吓跑了。玉民媳妇说："那个小庙里供土地爷，有个一尺半高的牌位，土地爷保佑了我。"

扎大烟，是把海洛因面扎到血管里，也叫扎吗啡。这回差点儿没命，让玉民媳妇长了记性，扎大烟的毛病还真改了。

玉民有个亲戚倒卖大烟，用的是猪尿泡。拿到猪尿泡，他使劲吹，把猪尿泡吹大了，晾干。晾干以后，剪得一块一块的，把大烟包成一小包一小包的。包好了，用水泡，泡软了，他空着肚子往肚里咽。咽进大烟，啥都不能吃，挺到地方再吃，把大烟拉出来，用水洗，洗干净才能卖给人家。

他家女人用猪尿泡缝个男人小便似的东西，缝好了往里装大烟，用线扎紧，用水一泡，就没针眼了。泡软了那东西，放女人小便里，尿尿时可以拿出来，尿完再放里面。

听说，那两口子就这样发的家。

光腚娃

刘秀凡是俺现在的邻居，比俺小一岁，也快八十了。她是绥化人，本来住在林家围子，有个闺女很有本事，给她在城里买了房子。

拉起家常话，秀凡跟俺说，从前她妈受婆家的气，奶奶和五个姑姑都欺负她。

妈把饭做好了，就有人支使她干活儿。把活儿干完回来，饭都凉了，碗筷堆在桌上。有的时候，饭都吃完了，就剩下米汤。饭做多了，奶奶不愿意，说不爱吃剩饭；饭做少了，妈连剩饭都吃不着。

妈长得好，老实，能干。刚结婚的时候，奶奶和爸都对她好。怀孕以后闹小病，这不能吃，那不能闻，几个姑姑对她横挑鼻子竖挑眼。要是生个儿子，还能好点儿。妈生的是丫头片子，这一家人都烦她了。

爸吃完饭就走，不知道疼妈。家里洗洗涮涮的活儿都是妈的，大姐还在吃奶，天天都有人说妈这做得不好，那做得不对。

这样过了一年多，妈想：这些人都欺负我，我啥时候能熬出个头来？

看见妈哭，邻居知道咋回事，都说："这么好的人，摊上这个家，白瞎了。"

妈实在活不下去了，先把大姐摔死在猪圈，自己跳井了。

打水的人看见井里有人，就喊："救人呀！救人呀！"

来了好多人，把妈救上来，救活了。大姐醒过来，头上摔出个大包，在猪圈里哇哇哭，有人给妈抱过来。妈接过大姐，哭了，说："你们不该救我，早死早享福。"

打那以后，妈病了，长了一身疮，没钱治，只能挺着。姥姥去世早，妈娘家一个近亲也没有。

看妈不能干活儿了，奶奶把他们分出来。妈病成那样，又生了一儿一女，闺女是秀凡，儿子是秀凡的弟弟。

不知道从啥时候，爸跳起大神来，一天天不在家。妈身上、手上全是疮，大姐六岁就学做饭。

以前，得外病的人很多，都来请爸跳大神，治外病。人家跳大神，挣很多钱，爸跳大神不要钱，他说他的神不叫他收钱，要是收钱就不灵了。他自己在外边挣吃喝，老婆孩子他都不管。

秀凡六岁，弟弟四岁了，姐俩身上连个布丝都没有。黑天睡觉，妈跟姐姐、弟弟一个人盖一个草帘子。她盖个小狗皮，一夜一夜蜷着腿睡觉，不敢伸腿，腿伸直就冻醒了。黑天盖狗皮，白天扎腰里。

东北的火盆是泥做的，冬天搁在炕上，秀凡整天待在火盆跟前，冷了就趴在火盆上烤烤，前边的胸脯都让烟给熏黄了。白天出去拉屎，他们没有鞋，光脚跑出去，光脚跑回来，不敢在外面多待。她弟弟在院里看见猪狗拉屎，赶快跑过去，用小脚丫踩上，暖和一会儿。

弟弟小，受不住冻，一拉屎大肠头就掉下来，没钱治病，没吃过药，大肠头越掉越长。后来血糊糊的，掉下来二寸多长，上不去，六岁的弟弟死了。

听说弟弟死了，爸回家了。天黑透了，爸把弟弟用谷草包上，放到院子里。怕家里的狗祸害弟弟，爸把狗圈起来。没想到，猪把弟弟的脸啃了。

秀凡七岁那年，爷爷、奶奶和妈都死了。爸爸就像精神病，还是跳大神，不管家，好在有个叔管管姐俩。

土地改革时，家里分到一匹马、一床被，还分给一件大人的旧衣裳。秀凡把两条腿伸到衣服袖子里，右大襟往左盖，左大襟往右拉，腰里扎股绳子。秀凡说，这是她第一次穿上裤子，八岁，身上第一次有布丝了。

那匹马卖了，卖马的钱，叔给婶家过彩礼用了。

屯子里批斗地主，天天都有会。人家都去看热闹，秀凡也想去，想想还是不敢。破衣裳当裤子穿，上边光着膀子，下边光着脚丫，她怕人家笑话。

婶结婚以后，秀凡有自己的衣裳了。夏天，叔选最便宜的白华奇布，买回来用高粱棵子煮，煮完了，白布变成高粱米汤色。婶用这样的布给她做单裤、褂子。虽说没有人家的衣裳好看，也比她夏天围的麻袋片强多了。以前，她夏天在腰里扎块麻袋片，围不上一圈，盖上前边，盖不上后边。就是这样的麻袋片，她在腰里扎了三个夏天。

天快冷了，婶买回关里人的家织粗白布，用锅底灰染，染完了，说黑不黑，灰不溜秋的。婶用这布给她做棉袄棉裤，还给她做了一双棉鞋。那年，秀凡九岁，第一次穿棉衣，也是第一次穿棉鞋。

后来姐姐会做鞋了，才学做鞋，做得不好，那也比光脚好呀。

秀凡一点儿不恨爸。前后屯家里穷的，有家卖了闺女，给人家当童养媳，闺女长大了，嫁给那家的傻儿子。还有个抽大烟的，想多卖几个钱，把闺女卖到妓院。爸没有。

秀凡现在身体很好，就是有时候腿疼。有一天她回林家围子，还有人说："那个老太太，好像是光腚娃。"

（注：刘秀凡为化名。）

逃 婚

我叫薛淑珍，虚岁六十九。我老家是津河的，津河以前有个薛家店，就是客栈，那店就是我家的。

我爷爷从小订下娃娃亲，女方家姓冯，听说是三冯屯的。两家大人处得好，孩子的婚事三五岁就订下了，两家大人再见面，就亲家、亲家母地叫。

爷爷二十岁那年，女方家想把婚事办了，说："闺女也不小了，都十八了。"

太爷答应了人家，说行。

太爷回家说了，爷爷不干，爷爷说："爸，妈，老冯家闺女缺心眼，你们不知道吗？我不愿意娶个傻媳妇！"

太奶说："听说了，小时候看着不傻呀。"

太爷说："你们是从小订下的娃娃亲，哪能说不愿意就不愿意呢？你叫我咋跟老冯家说呀？今年不结就不结，明年一定得结婚！"

爷爷拖了三年，他二十三，女方二十一，没法再拖，两家把日子定了。

爷爷跟太爷闹："我不愿意跟傻子过一辈子！"

太爷说："那就是你的命了，认命吧。"

咋闹也没用,定下日子,太爷太奶就忙婚事,刷房子,买东西。

爷爷死了心，有天晚上收拾好东西，偷着走了。谁也不知道他去哪儿了，一句话也没留下，结婚的事也搁那儿了。

太爷太奶都以为，爷爷是生气走的，过年的时候准回来。大年三十了，爷爷没回来，太奶扯着衣裳大襟哭了一天。三十晚上，太奶敲着猪食槽子,叫喊爷爷的小名:"儿子你在哪儿呢？回家过年了！儿子你在哪儿呢？回家过年了！"

那时候有这个说道，说年三十晚上家里这么一喊，跑到外面的人准闹心，该惦记回来了。

太奶喊了七年，才把爷爷喊回来。

爷爷回家的时候，牵着一头大黄牛。我小的时候，大黄牛还活着呢，我这辈子没见过那么大的牛，一看就不是咱这儿的品种。

很多人到太爷家看热闹，都想知道，七年的时间爷爷跑哪儿去了。

爷爷说，他到处找活儿干，越跑越远，后来跑到俄罗斯那边去了，在那边给人家淘金子。

大伙问："遭了不少罪吧？"

爷爷说："是。"

大伙问："挣了不少钱吧？"

爷爷指着大黄牛说："就它。"

大伙问："你咋回来的？"

爷爷说："起早贪黑走回来的。我不累，牵着牛走。我累了，骑牛走一阵。"

大伙问："俄罗斯好像挺远，得走好几天吧？"

爷爷说："我也不知道，好像走了一个多月。"

看热闹的走了，太爷说："你回来就好了，看个好日子，把婚事办了吧。"

爷爷问："跟谁家闺女结婚啊？"

太爷说："老冯家的闺女。"

"老天啊，都七年了，她咋还没嫁人啊？"爷爷说，"不行，我还得走！"

太爷说："你逃婚说走就走，把我的老脸都丢尽了，看见冯亲家，我光赔不是。"

太奶说："你要是再走，我也不活了！儿子，你知道不知道，这七年我是咋熬过来的？"

太爷说："光听说那闺女傻，她爹她妈都不傻，她傻还能傻到哪儿去？你认命吧。"

太奶说："人家等了你七年，你再走，说不过去了。"

爷爷这回没走，逃婚七年，娶的还是冯氏奶奶。

结婚以后，他们生了四个孩子，二大爷死得早，大爷、我爹和老姑心眼都不那么全。

结婚以后，爷爷经常跟大黄牛说话，牵着大黄牛出去串门子，有时候一天能走七十里。现在想想，他聪明能干，娶个傻媳妇，生了一窝傻孩子，他心里得多窝囊啊？

我爹五岁那年，奶奶没了。老姑太小，送人了。爷爷后来跟我说："我对你们奶奶不好，这是老天惩罚我呢。我要是对她好点，她能多活好些年。"

小时候，我家跟大娘家住南北炕，都跟爷爷在一起住，家里有奶奶，还有一个老叔。我爷爷给儿子娶的媳妇都聪明，大娘和妈啥都不说。结婚以后，我才从别人嘴里知道，奶奶是后奶奶，姓杨，是爷爷自己找的，可聪明了。这个老叔是爷爷和杨氏奶奶生的。

我不知道爷爷叫啥，现在也不知道，小时候听屯子里的人叫他"薛外国"，慢慢知道了这些事。我爷爷长寿，活到八十七。他逃婚那些年，俄罗斯正乱呢，过了十多年，俄罗斯改叫苏联。

飞爬犁

　　辽宁建平有个张家，哥六个，家里常年缺吃少穿。六个儿子长大了，个个能干，长得好，都娶上媳妇。

　　一九〇五年春天，建平大旱，地没法种，哥六个三十多口人分家，各想各的办法。张祥是老六，一家五口人，分到手一升高粱，一升是五斤。

　　他跟媳妇说："等死不行，咱去黑龙江吧。"

　　媳妇同意了。

　　张祥找出来两个破筐，用绳子拴巴拴巴，前面筐里放进八个月大的闺女，后面筐里坐着两岁的二儿子，用破扁担一挑就上路了。大儿子张立棠那年五岁，和小脚媳妇一起跟在后面走。

　　他们要饭往黑龙江走，越走越冷。白天还好，就怕黑天。下午要饭的时候，张祥顺便跟人家说："俺们要去黑龙江，能不能在你家住一夜？"

　　遇到好说话的，说："行。"在人家热炕上住一夜，给几个窝头，还给点儿咸菜就着吃。

多数人家都说："俺家没地方住，你去别人家问问吧。"

白天走一天路，经常饿肚子，天黑光想睡觉。一家五口人睡过草垛，也睡过人家的墙根。睡草垛还好，身子底下不那么冰；睡墙根，身子底下冰凉也不敢翻身，越翻身越冷。

也不知走了多少天，他们走到黑龙江肇东北小山，有个表哥在那个屯子。

一家五口进了门，吓了表哥一跳。

表哥说："好年头你不来，这年头你来干啥？"

那年黑龙江也旱，春天正是青黄不接的时候，表哥家也不富裕。

住了两天，张祥出去找活儿，找到兰西那边的田棚镇，给姓李的财主家当长工。

第二年，张立棠也去了李家，给李家放猪。

放猪放了六七年，立棠长大了。

他不想一辈子都放猪，去姓马的财主家学赶车。

马大爷看他聪明能干，认他做了干亲。从十六七岁，立棠在马家赶头车，工钱比别的车老板多五成。几个车老板赶车外出，中午打尖（注：吃饭），晚上住店，都听他的。

马大爷还借他牲口和犁，让他开荒。自己家里种点儿地，日子好过多了。

好几年，他都没在家过年。

有一年，马大爷说："你也回家过个年吧。"

没到半夜，家里正要发纸（注：除夕夜给祖先烧纸），马大爷打发人来叫他，说马病了，让他赶紧回去。

立棠给老马家赶了十多年车，从花轱辘车赶到胶皮轱辘车。

到黑龙江以后，张祥又添了个儿子。哥仨都长大了，张家买了两匹马，买了种地用的家伙什，给人种四六地。

张祥去世后，立棠当家。他一天书没念过，会打算盘，会记账，这都是在老马家学的本事。

土地改革的时候，张家划的成分是中农，分走他家一匹马，分给他家二十几亩地。

土改那年冬天，兰西农村时兴飞爬犁。一帮穷人撺掇到一起，赶着爬犁各处走，专门去地主富农家，进屋以后看中啥拿啥，往爬犁上一放，拉着就走。实在没啥拿的，进屋就扒衣服，棉袄、棉裤都得脱下来，不脱就揍。按理说，中农摊不上这事，可偏偏摊上了。

张立棠六十多岁留影。
张喜文提供。

两年前，有个媒人给老三保媒，保的是前屯老郑家的闺女，媒人是个老光棍，过的头茬礼钱他给卷跑了。

立棠听说了，接着张罗钱，过礼给老郑家，帮着老三把媳妇娶了。生孩子的时候，媳妇难产，月子里死了。

娘家人说：老张家婆婆刁，他们家闺女不是病死，是让婆婆虐待死的。

张家婆婆到底咋样呢？那两个媳妇都说："心眼不坏，说道不少。"媳妇从娘家回来，进屋得给她磕头，把她的烟袋锅装好，才能去干别的。

那年冬天，腊月二十七，张家院子来了好几个爬犁，下来的都是老郑家那边的亲戚。进屋以后，见啥拿啥。穿的、戴的、铺的、盖的、苞米、白面、冻豆包、冻饺子，都拿走了。

好说歹说，后屋里留了一箱子苞米棒子，那是张家留的苞米种，预备开春用的。

哥三个十几口人，眼看过年，没吃的了。

立棠跟二弟立成、三弟立奎说："咱先搓点儿苞米棒子吃吧。"

立成说："种子吃了，春天咱搁啥种地呀？"

立奎哭了："二哥说得对，咱不能吃苞米种！"

立棠说："人要饿死了，要苞米种还有啥用？"

人多，一会儿就搓下二十多斤苞米种，放到磨上磨碎了。地窖里还有些土豆，算是过了年。

这箱子苞米棒子咋吃不见少，总是一箱子，冬天掺着土豆吃，开春掺着野菜吃，一直将就到新苞米下来。

立棠让两个弟弟收拾下木头箱子，好装新苞米。动完箱子，那箱苞米棒子很快见底，吃没了。

第二年开春，立棠借了一头牛，开了一片荒。

没几年，张家日子过起来了，又给立奎娶了媳妇。

老哥仨在一块过了几十年，到了一九六三年二十几口人了，才分家。

六十岁以后，进了腊月门子，立棠喝点儿酒又哭又闹，一遍遍给儿子辈孙子辈讲家史，讲要饭，讲赶车，讲飞爬犁。

要命的灰菜

小时候在山东，俺经常吃灰菜。俺老家那儿爱吃面叶、面筋汤，把灰菜放在汤里，很好吃。

来到黑龙江，这儿有各种各样的野菜，也有灰菜。他们当地人也吃野菜，野菜蘸酱吃，就是不吃灰菜。

邻居王嫂是东北人，常年肚子疼，吃不少药，也不见好。不知她吃了哪样野菜吃对路了，拉出来一条大虫子。

俺去看的时候，那条虫子还在茅厕平地上，有三尺长，一寸宽，黄白色，有点儿绿，瘦得就剩皮了。

听王嫂说，这条虫子拉下来就是死的，还有七八条小虫子，掉地上就会跑，都爬走了。

从那以后，王嫂的病好了，肚子也不疼了。

一九六一年，俺领亲戚到安达县中医院看病，看见有个五十多岁的农村妇女，脸肿得像个小三号盆子，肚子像怀孕八个月，十个手指伸着，不会打弯，脚上趿拉着男人的鞋，眼睛肿得看不见道。

大夫给她检查完身体，问："你吃啥了？食物中毒了。"

她身边的男人说："吃灰菜了。"

光听说，东北的灰菜不能吃。想不到，它的毒性这么大。

前几天出去玩，几个老太太说起一九六〇年挨饿的事。

王英是东北人，那年十岁，平常她家不吃野菜。粮食不够吃了，她跟她妈去野地里，挖回来很多野菜，里面有不少灰菜。

吃了这顿灰菜，全家人浑身肿。她饭量小，肿得轻；她爸吃得多，肿得最重。

王英吃上药，几天就不肿了。

他爸吃药打针都不见轻，身上肿得肉皮很薄，就像吹起来的气球，好像用手一捅，就能捅出个窟窿似的。他衣服不能穿，被子不能盖，小便肿得像小饭碗那样粗。

爸难受，黑天白天哼哼："疼死我了——难受死我了——"

王英说："那时候挨饿，没啥好吃的。前几天爸还吃点儿东西，后来啥都不吃了，光喝水。不到半个月，人就死了。"

王英一边说，一边掉眼泪。

大家都说：黑龙江的灰菜吃不得。

靰鞡草

一九六〇年，刚来东北的时候，生产队仓房里挂着两个黑黢黢的东西，俺不认得。

丈夫比俺早来一年，俺问他："那是啥？"

丈夫说："那是靰鞡鞋。"

俺在山东没见过这样的鞋，凑近看了看——鞋上有很多灰，连鞋底带鞋帮是一块牛皮做成的，鞋前边有一堆褶子，难看死了。

那时候安达还是县。过了些天，俺去县里，想买把剪子，买点儿针线，转了一圈，啥也没买成。买啥都要票，俺啥票也没有。

安达四道街和五道街在南横街合到一处，像个人字。就在人字路口，俺看见个稀罕事：十多个人在路两边干活儿，地上铺着麻袋，麻袋里鼓囊囊的，不知装的啥。他们坐在麻袋上，左手把着一捆草，右手拿着碗口粗的棒槌，咣咣地捶。

那是十一月，东北天很冷，这些人的帽子上、脸上、衣裳上全都是草沫子，胡子上、狗皮帽子上都是白花花的霜。

中午，俺回生产队大食堂吃饭，下午上队里干活儿。妇女队长五十多岁，她是领头的，俺管她叫大娘。

歇着的时候，俺跟她说了这个稀罕事，她说："那不叫人字路，那叫裤裆街。那些人捶的是靰鞡草，卖钱的。穿皮靰鞡、胶皮靰鞡的，都买靰鞡草放鞋里，暖和。他们做这生意没本钱，秋天到甸子上把靰鞡草割回来，晒干，冬天就能换钱。"

妇女队长还说："现在好了，多数人都穿双袜子。以前哪有穿袜子的？大冬天都是买双棉靰鞡鞋，再买点儿靰鞡草放里面，光脚丫穿鞋。皮靰鞡难看，不缓霜（注：外边冷，里边不冷）。胶皮靰鞡好看点，缓霜（注：外边冷，里边跟着冷）。咋办？晚上睡觉的时候，把靰鞡草掏出来，放到炕上炕干，第二天再放到鞋里。"

黑龙江冷，家家门窗都糊得严实。到谁家都有臭脚丫子味，俺还纳闷呢，原来是这么回事啊。

俺有个叔伯姐夫，在巨野县龙堌集东门开旅店，家也在这个院里。住这店很便宜，地上铺着草，男人都睡在草铺上，女人另有屋，想要被子得另租。姐夫姓蔡，外号"三不准"。

有个住店的能拉，他在东北待过，说起东北三样宝——人参、鹿茸、靰鞡草，越说越热闹。

三不准打听："这三样宝贵不贵？"

住店的说："人参、鹿茸贵，靰鞡草不贵。"

三不准说："俺小舅子在黑龙江，俺让他给俺邮靰鞡草。"

接到他的信，俺正想回老家，就把靰鞡草捎回来送给他了。

过了几天，俺去龙堌集办事，在姐姐家吃饭，三不准姐夫的亲家也来了，他俩一块喝酒。

姐夫说："他妗子给俺拿来的靰鞡草真好啊。夜里打更，俺把靰鞡草垫到棉鞋里点儿，一热热到胳拉拜子（注：膝盖）。怪不得人家说东北三样宝，这靰鞡草真是宝呀！"

亲家说："三哥，你给俺点儿呗。"

姐夫说："你要俺的命，俺给你三分。你要俺的靰鞡草，俺不给你。"

后来，穿靰鞡鞋的人越来越少。

到了一九七〇年，还有人穿靰鞡鞋，没看见卖靰鞡草的。有了毡袜和袜子，就是有人卖靰鞡草，也没人买了。

黑瞎子来了

一九五一年，唐成芹的爸妈带着孩子下地干活儿。那年唐成芹十岁，妹妹八岁，弟弟六岁。

玉米秸都割倒了，她跟弟弟妹妹在地头玩，爸妈去地里掰玉米。临走，妈跟他们说："你们仨别上地里来，这玉米栅子像刀似的，扎着可了不得。这里有水，渴了你们就喝。"

他们正玩着，来了一头黑瞎子。这是头小黑瞎子，有二百多斤，过来就把弟弟按在垄沟里。

两个孩子使劲喊："爸呀！爸呀！"

爸妈看见黑瞎子，跑得飞快，爸拿着刚掰下来的玉米棒子，妈啥都没拿。他俩一边跑一边喊："打黑瞎子呀！打黑瞎子呀！"

小黑瞎子抬着脸光看他俩了，没动孩子。

跑到跟前，爸用玉米棒子砸黑瞎子的头，大概把黑瞎子砸疼了，黑瞎子慢慢走了，走走，还回头看看。

弟弟的衣服让黑瞎子抓破了，身上一点儿没伤着。

妈吓傻了，瞪着眼睛，伸着十个指头不敢向前。

黑瞎子走了，妈把弟弟搂到怀里，手指还哆嗦呢。她哆哆嗦嗦摸着弟弟的脑袋，一边摸，一边叨咕："摸摸毛，吓不着。"这话连说了三遍。

黑瞎子走了，爸拿着玉米棒子傻乐，说："这算啥家伙什？青玉米秸这么多，用玉米秸打黑瞎子，还能使上劲。咋就没想起来呢？多亏是个小黑瞎子，要是大黑瞎子，咱这家人就完了。"

第二天一大早，爸磨了两把镰刀，说："有这两把镰刀，黑瞎子再来，咱不怕了。"

吃完早饭，爸妈又带着三个孩子上地了，这回不敢把孩子放地头了，叫孩子离大人近些。

过了一阵子，仨孩子又喊："爸呀，黑瞎子又来了！黑瞎子又来了！"

爸妈听见了，赶紧跑过来，一人拿一把镰刀。

还是那个小黑瞎子，它站在地头，往孩子这边看了看，没敢进地，慢慢走了。

从那以后，再没见过黑瞎子。

这事出在黑龙江省巴彦县德祥公社杨文朱屯。

产后风

一九五六年，山东往黑龙江迁民，姚瑞成一家来到明水县农村。在明水那里干了一年多看不见钱，转到安达来，跟俺丈夫在一个砖厂，俺们都住大宿舍。

一九六〇年阴历八月，安达下大雪上大冻。大宿舍实在太冷，四个男人下了班就往鸡房子去，俺四家在鸡房子买了三间土房。老姚家九口人住东屋，俺三家十口人住西屋，外屋支锅。

东西屋里都是对面炕，炕下边有二米宽的过道。天冷的时候，外屋做饭都走炕洞，炕暖和，屋里暖和不少。到了夏天，烧锅做饭，屋小人多，土房又低，一进屋就像走进蒸笼。北窗户进点儿风，还能凉快点儿，都不糊。

一九六二年夏天，姚嫂生孩子。生完孩子十多天，俺在外屋听见东屋有人哭。

俺进屋一看姚嫂哭，问："姚嫂，你哭啥？"

她说："俺头疼得很，还浑身冷。"

俺得过产后风，知道产后风的厉害，紧忙回西屋，跟宋嫂说："姚嫂有病了，你给俺看孩子，俺去砖厂找姚哥，叫姚哥请大夫来。"

宋嫂接过孩子，俺回头大跑。

到砖厂三里地，跑着去，热得俺衣服都湿了。

俺找着姚哥，想一块回去，姚哥去卫生所找大夫，大夫去一砖厂了。

姚哥去一砖厂找大夫，俺回家了。

回家一看，姚嫂好了，干活儿哩。

姚嫂问："你干啥去了？"

俺说："看你有病了，俺去找姚哥，叫姚哥给你请个大夫看看，怕是产后风。产后风可了不得，俺得过，差点儿没死了。"

姚嫂说："产后风也不一样吧？你看俺这不是好了吗？你姚哥说，他这几天干的是计件活儿，一天能挣二十多块钱。今天完了，挣不了钱了。俺不知道你去找他，要是知道，俺可不叫你去。"

大热天，俺连跑带走六里地，也累了。俺从宋嫂那里接过孩子，躺下给孩子吃奶，越想姚嫂的话越难受，搭了力气叫人烦，身上一点儿劲都没了。

鸡房子到一砖厂十多里地，那时候自行车很少，都是走着去。厂子里的贾大夫也没自行车。

姚哥请的大夫还没来哩，姚嫂就来病了，说："俺难受！俺冷！俺头疼！"说着就哆嗦起来了，两眼瞪得溜圆，鼻子揪揪着。哆嗦了一会儿，她不是好声喊。

开始，俺、宋嫂、左嫂和姚嫂的婆婆姚大娘四个人守着她。后来，她不光两眼瞪得溜圆，鼻子和嘴揪到一起，两只手乱抓，喊声越来越难听："哎呦——吼吼吼——！哎呦——吼吼吼——……"

她不住声喊，吓得俺仨不敢在跟前了，她婆婆自己守着，俺仨在外屋就盼着大夫快来。

贾大夫来了，一看那个样子，给了点儿发汗的药，转身就走。

俺仨不叫他走，两个人都没拽住他。那时候贾大夫二十七八岁，吓跑了。

这可咋整呀，姚哥被难坏了。

那时候，安达还没有人民医院，从鸡房子到中医院有十里地，没车。俺们穷，屯子人瞧不起俺，啥都不借。想了好半天，姚哥想起龙大夫。龙大夫在砖厂当过大夫，他嫌砖厂开钱少，走了，在张家店看病卖药，挣得多。

姚哥想把贾大夫的药先给姚嫂吃了，姚嫂的牙咬得死紧，张不开嘴。姚大娘帮着把她的鼻眼捏上，姚嫂喘不上气了，才把嘴张开，把药喝了。

中午十一点多，姚哥去请龙大夫，天快黑了，才请来。

龙大夫摸摸脉，说："没事，我能治好。"

也怪，姚嫂喊了多半天，哎呦——吼吼吼——，哎呦——吼吼吼——。龙大夫来了，她不喊了，也不说话，可能太累了。

宋嫂说："姚嫂要死了，俺是不在这儿住了，俺在这儿住，得吓死。听人家说，月子里死的女人，惦记她的孩子，都常回来。俺就是住到狗窝，也不敢在这儿住了。"

姚嫂不喊了，俺仨还不敢去她屋，不敢看她的脸。

姚大娘说："她闭上眼睛了。"

龙大夫说："多亏贾大夫给了发汗药。要不吃那发汗药，现在再发汗就晚了，风归心了。"

天黑了，龙大夫也不敢走。那时候狼多，鸡房子东边北边都是草原，天天都能听见狼叫。

第二天，姚嫂好了，俺进屋看她，她会说话了，那张脸也不吓人了。

这病来得快去得也快，七八天后，姚嫂好利索了。

俺说："产后风就是不一样，俺得产后风的时候就是冷，冻得哆嗦，把新床晃得嘎吱嘎吱响，不喊叫。"

姚嫂说："不知道咋回事，俺心里啥都明白，就是当不了自己的家。"

姚嫂还说："你那天给俺请大夫，累那样，俺还说不中听的话。你救了俺的命，谢谢你。"

俺说："咱就像亲姐妹一样，说啥都没事，你好了就是大家的福。"

高级饭店

人们都说：父母是孩子的第一个老师。没错。

俺公婆不讲穿就讲吃，公公说："省，省，窟窿等；费，费，还来呐。"还说："身上穿得烂乎的，嘴上吃得油乎的。"他们还有一套嗑："身上穿得好，肚里吃得不好，那叫'包皮穷种'！"

俺公婆过日子，有了狠吃，没了忍着。

俺丈夫也是那样的习惯。

刚来东北的时候，月月开支先往他家邮钱。一九六〇年，老家饿死过人，他就怕把爹娘和弟弟饿死了。

东北人说："炕上没席，脸上没皮。"俺家炕上连炕席都没有，睡在土炕上。俺丈夫穿的棉袄烂了，想缝缝补补，针线都没有。俺拆洗完被子，又拆洗了一只白线手套，搓成线，借了邻居的针，算是把被子做上了。

这样穷的时候，他买了两只鸡，让厂里小年轻的李炳告送回来。俺生气了，不年不节买鸡干啥？俺跟李炳告说："你看俺穷成这样，俺吃不起，叫他退了吧。"

他下班回来，俺问："那两只鸡退了吗？"

他说："退了。"

俺说："咱有买鸡的钱，你买件衣服穿。咱在这人地两生的地方，你穿得破破烂烂的，叫人瞧不起。"

他说："知道了。"

后来听说，他没退鸡，用洗脸的瓷盆放大窑上煮吃了。两只鸡他吃不了，叫别人帮着吃了。

那时候，安达四道街有个高级饭店，公家的。

一九六一年，丈夫卖完碱，去高级饭店了。他穿的棉袄又脏又破，袖口和底边都漏棉花，头戴狗皮帽子，脚穿胶皮靰鞡，背上背着木架子，架子里边有条装碱坨子的麻袋。这木架子是俺三哥给做的，挎到肩上背东西，方便，还能多背点儿。

他一去，那些服务员都看见了。他看有张桌子没人，就把木架子放好，坐下了。他连喊了三四声"服务员"，没有一个人来。

他急了，走到那几个服务员跟前，说："你是嫌俺长得丑啊，还是嫌俺穿得破呀？我不是来找对象的，我是来吃饭的。"

有个服务员说他说话难听，俩人吵起来。

从里屋出来个男人，按现在的说法叫前堂经理，他走过来说："同志，同志，你别生气，快请坐。"

这个人把菜谱送到桌上："想吃啥，你点吧。"

丈夫要了一条鱼，一份儿炒肉片，二两酒。

不大会儿，连酒带菜都上来了，都是这个人送来的，还送来酒杯、茶杯和一壶茶。

丈夫说："这还差不多，俺是来买饭的，不是来要饭的。"

这个人说："她们不懂事，别跟她们一样。"

那是丈夫第一次上高级饭店，也是他第一次喝酒，一壶酒二两，太辣了，他连一半都没喝上。他还要了半斤大米饭，都吃了。

结账的时候，他把钱都掏出来。那时候管十元的票子叫大白边，光是大白边他有八张，还有很多零钱呢。这顿饭一共花了两块九毛钱。

回到家，他问俺："你喝过酒吗？"

俺说："小时候，俺爹从县城回来喝酒，俺没尝过。这些年，一尺肠子饿着八寸，哪有钱买酒呀？"

他说："俺今天去了高级饭店，还要了一壶酒。"

"你不会喝酒，你要酒干啥？"

"俺今天不是吃麻花，吃的就是那个劲。"他说，"俺今天背了七十三斤碱坨，走了十多里地。还有二里地到市场，肚子里没饭，走不到头。不想走也得走啊，强打精神走到市场。还算好，刚到四道街市场，来了碱贩子，一块钱一斤，全给买走了。俺一高兴，去了高级饭店。"

他把经过跟俺说了，俺说："人家高级饭店，去吃饭的都是高级人物。服务员不理你，以为你是要饭的，要不就是不认字走错门了，要不就是神经病。今后咱不去瞧不起穷人的饭店了，去挂两个幌的饭店吃饭就行。"

现在的饭店不兴挂幌了，那时候，饭店不多，都挂幌。俺听人家说，挂一个幌的是小吃铺，两个幌的是中等饭店，挂四个幌的是很像样的饭店了——厨师手艺好，做的菜好吃。小吃铺的幌子，多数用破水桶自己做的，外面糊上不怕雨浇的红纸，底下是金黄色纸边，中间有的剪几个金字糊上，还有的剪云字勾糊上。

丈夫说："去的时候一点儿劲都没了，回来的时候浑身是劲。吃高级饭店就是有劲呀。"

一九六四年，二儿子三岁，俺给他做了条新裤子，把他乐坏了。他跟俺说："穿新衣服上高级饭店，人家往楼上拉，穿破衣裳上不去。"

俺问："为啥？"

他说："人家往下推。"

俺问："要是去高级饭店，你点啥菜呀？"

儿子说："来一个胡萝卜，来一个毛嗑（注：葵花籽）。"

迷　山

　　一九七二年，俺怀孕了。开始闹小病，还能吃点儿东西；后来越闹越厉害，啥也不能吃，水也不能喝，连着三天没吃一口饭，没喝一口水。

　　俺跟丈夫说："这孩子得做掉。"

　　丈夫说："现在这山沟里，生孩子没谁管，咱多生几个孩子多好啊。"

　　俺说："俺三天水饭没打牙了，说不上来的难受。等不到俺生，俺就得死了。怀那几个孩子，哪个也不这样。"

　　丈夫说："那就做掉吧。"

　　去医院头天夜里，俺做了个梦，梦见洗衣盆里有三个小孩，有人叫俺用开水烫，俺害怕，不敢。俺公公往盆里倒了一舀子开水，盆里三个小孩拨楞一会儿，不动了。

　　早晨起来，他们都吃饭，俺还是一口水都没喝。

　　丈夫用自行车带上俺，骑了十五里地，去建兴医院。到了建兴医院，不大会儿做完"电流"。

大夫说："做掉的是双胞胎。"

俺说："跟俺昨天夜里做的梦对上号了，俺做梦是三个小孩。"

丈夫给俺找了个旅店，叫俺躺一会儿。他给俺提来一暖壶水，给俺倒了三大杯，俺一杯一杯地都喝完了。他又提来一壶水，俺喝了半壶。俺三天多都没大小便了，水喝下去，感觉得劲点儿了。

待了一会儿，丈夫到饭店买回来两个菜，还有馒头。俺吃了两个馒头一个菜，感觉身上有点儿劲了。

看俺这样，他买了一袋白面，放在自行车后座，俺俩走了十五里路，走回来的。

做完流产七天，俺去厂子上班。这天，厂子里制砖机停了，队长叫俺们回家拿镰刀带午饭，上山干活儿。俺赶紧回家拿镰刀，兜子里装上饭盒，跟着他们上山了。

俺们干的活儿叫打带，就是把林子里的小草和小树割倒，好叫大树通风。山里人说，打完带，大树不生病，长得快。

吃午饭的时候，天下大雨了。队长叫俺们离树远点儿，怕雷电伤人。从西北角来的风雨，连打雷带下雨轰隆隆好一阵子。

刚吃完凉饭凉菜，喝完凉水，又挨了一顿浇，俺们一个个就像从水里捞出来似的。俺看不见自己，看得见他们，一个个脸是白的，嘴唇是紫的，冻得哆嗦。

他们都说俺："你不该来，坐下病，后悔就晚了。"

雨过天晴，俺这帮人接着干活儿，两点多钟就把活儿干完了。

有几个人说："咱去采山茄子（注：蓝靛果）呗。"

大家同意，去采山茄子。

找山茄子得散开了，还不能走太远。

山茄子跟枸杞子那么大，和紫茄子一样色，吃到嘴里酸甜。山茄子棵二尺高，小叶，树杈硬，碰见一棵就够摘一阵子。

采满一饭盒，队长把俺们喊到一起，看一个人都没少，说："回家吧。"

想回家，俺十几个人谁也不记得路了。

俺们都知道有条羊肠小道，上山干活儿走出来的。先顾着干活儿，后顾着采山茄子，谁都没记道。

有的说往左走对，有的说往右走对，队长说："我也没好主意了，说往左走对的往左走，说往右走对的往右走。"

往左走的俺们八个人，往右走的七个，分开走了。

往左走不大会儿，找到那条羊肠小道。

队长说："咱别走了，我爬上山喊他们。"

队长领着两个人爬上山，放开嗓子喊："找着道了——！道在这里——！"

喊了一阵子，没有回音，知道他们走远了。

俺们八个顺道走，不大会儿就到家了。

天要黑了，那伙人还没回来，厂里人都很惦记。

厂长说："把拖拉机发动，叫它响着。发电机也打开，响着。二百度的灯泡找出来，扯上电线，挂高点儿，让他们离老远能看见。"

天黑透了，那伙人才回来。

俺到关嫂家看她，她说："我们知道回家的方向，也听见拖拉机、发电机响声了，就是隔着一道河，没桥。一转桥，就走远了，累得我脚脖子疼。"

第二天俺去厂子，姐妹都问："你昨天冻那样，没坐啥病吧？"

俺说："下完雨，干活儿的时候俺使劲干，出了一身汗，这样就不坐病了。"

她们都说，俺这样做有道理。

队长来了，大家说起昨天迷山的事。有的说，今后可得细心点儿，迷路真难受，不知往哪儿走。

有个人说："我要是想记路，就能记住。"

这些人都说："昨天你咋不记路呢？"

她说："这不有队长吗？有队长，就用不着我了。"

还有人说："今后咱都想着记路，别依靠队长，迷山可了不得。咱要是越走离家越远，一夜不回来，家里人都得惦记死。"

俺三哥家住通北林业局前锋林场。林场几个人上山采蘑菇，有个五十多岁的老太太没回来，全场工人上山去找，找了三天没找着。

两年以后，上山干活儿的人在一棵大树下看见一堆骨头，长头发，还有一条腰带。腰带扎得年头多了，有一处坏了，有个布补丁。

老太太的儿子说，这腰带是他妈的。

捡来的爸

十年前，有个青冈县农民冬天去大庆打更。

有一天，天快黑的时候，他看见有个老头倒在雪地上，把老头拉起来背到屋里。

他问："大爷，你家在哪儿？我送你回家。"

老头不说话，冻得直哆嗦。

农民给老头泡了碗泡面，老头吃了，还是不说话。

当天晚上，老头住在打更的房里，和这个农民睡一个被窝。农民跟他说话，他也回两句，一问住处，他拉下脸，一句话也不说。

实在问不出住处，农民就说："我从小没爸，现在也没妈了，你就是我爸。"

这样一说，老头脸上有了笑模样。

要过年了，农民把老头领回家，跟媳妇说："我捡了个爸。"媳妇很高兴，也叫爸，给老头买来新衣服新鞋袜，从里到外换了个遍，两口子都对老头好。

过完年，儿子儿媳妇出去干活儿，留十岁的孙子跟爷爷住在家里，家里是三间破土房。

天暖和了，老头把屋里怕浇的东西撂到一块，用塑料布盖上，找两个人把房子扒了。

跟农民一块干活儿的人对他说："三哥，不好了，你快回家，你捡回来的那个糊涂老头把你的房子扒了，他们爷儿俩现在住仓子呢。"

农民回到家，说："爸你糊涂了，你把咱房子扒了，咱上哪儿住呀？"

老头说："儿呀，我现在好了，不糊涂了，咱扒了旧的盖新的。"

儿子说："我没钱。"

老头说："我有钱。"

老头扒了三间土房，盖了六间砖房，三间正房，三间东屋。

把房子盖好了，老头说："我和孙子住在正房，你们小两口住在东屋吧。我有一个儿子一个闺女，他们把我给气傻了，找不着家，差点儿冻死在外面。"

在东北，腊月天肚子里没有饭，两个小时就能冻死。老头看两口子心眼好，不走了，又给他们买回来四轮车，不用出去干活儿，用四轮车倒腾苞米挣钱。

老头还说："儿呀，我在大庆有套楼房，也是你的，权当我没生养过那两个冤家。"

玉荣家事

从前，俺住在安达市新兴街道办事处二委五组，老委长叫孙玉荣，一九三八年生，比俺小一岁，是俺山东老乡，俺们常在一起说家常话。

她家在德州禹城县魏寨子公社安庄，家里有二十多亩地。奶奶的脚小，那可真叫三寸金莲，站都站不稳。她身材好，模样好，就是命不好，二十九岁没了丈夫，守寡拉巴一儿一女。

爹九岁那年结婚，娘十六岁。奶奶叫爹跟娘睡，爹不愿意，他怕天黑，前几天都是爹睡着了，娘再把他抱到自己屋里。睡到天亮，娘给他穿好衣裳，他再去找奶奶。

有一回，爹睡到半夜醒了，一摸床上不是奶奶，哭着喊："俺不在这儿睡！俺找俺娘！俺找俺娘！"

娘摸着火链子打着火，点上灯，给他穿好衣裳，说："你趴俺后背上，俺背着你找咱娘。"

都下半夜了，爹到奶奶屋里，才不哭了。

后来，奶奶买来糖疙瘩交给娘，让娘用糖疙瘩哄他。自打娘屋里有了好吃的，爹才到娘屋里睡了。

孙家离井半里地，过去是小脚奶奶用瓦罐去井上提水，奶奶在井沿上站不住，怕掉井里，得求人家把水打上来，自己提回家。娶了儿媳妇，两个人用水桶抬水，娘也是小脚，还得求人家把水打上来，两人才能抬回家。

奶奶常跟娘说："等俺儿长大，会挑水就好了。"

奶奶总觉得儿子没爹受屈，只要自己能干动的，舍不得叫儿子干。儿媳妇娶进门，脏活儿累活儿都是她俩干，就盼着儿子长大。

爹十八岁刚能挑水了，人没影了。

娘问奶奶："你儿干啥去了？"

奶奶说："俺还想问你哩，俺儿这是上哪去了？"

天黑了，爹没回来。

三天两天不回来，还能顶得住。一个月没回来，活不见人死不见尸，奶奶和娘都顶不住了，天天哭。娘十一岁没妈，跟哥嫂过，十六岁嫁到孙家伺候九岁的丈夫，一天天盼着他长大，好不容易长大了，人没了。

一个多月后，姑父把爹从黑龙江佳木斯送回来。

第二天，姑父的信才到。

姑父说："他一到俺家俺就问他：'家里知不知道你来？'他说：'不知道。'俺当天就写信，怕你们惦记。"不知道这一个多月，爹去了哪里，也不知道这封信在哪里压住了，奶奶和娘哭了一个多月。

奶奶问爹："你想走，咋不跟俺说声？"

爹说："跟你说，你准不叫俺去。"

娘站在旁边流泪，一句话不说。

奶奶说："回来就好。"

爹回来以后，一天就挑一挑水，别的啥也不干。懒是懒，脾气大，娘哪块有一点不好，爹抓住就打，骂媳妇当话说。

玉荣八岁那年，拽邻居家的猪尾巴玩，小猪往前一跑，把人家瓦壶撞倒。壶碎了，不赔不行，奶奶偷着赔给人家。

爹知道了，抓住玉荣就打，打得尿在裤兜子里。

娘三十多岁的时候生弟弟，得产后风死了，那年玉荣十一岁，上面还有个哥哥。奶奶年纪大了，没法拉巴弟弟，把他送给姓刘的亲戚。

娘活着的时候织布卖，娘死了日子更难了。玉荣十二岁会纺线，五天纺一斤线，挣的钱能买十根果子，就是现在说的油条。

那年腊月二十八，爹买回五斤麦子，奶奶簸了簸，放磨上，玉荣和哥哥抱着磨棍推。有了白面，大年初一吃了一顿白面扁食，再吃扁食都是绿豆面的了。

正月初四，玉荣跟奶奶下地拔豆栅子，不拔没烧的。

地里有风，冻得玉荣小手通红，奶奶说："你快拔，拔一会儿就不冷了。"

奶奶说得对，快拔一会儿真不冷了。

奶奶还说："冻的是懒人，饿的是闲人。"这句话她这辈子都记着。

玉荣十四岁那年，庄里有了速成识字班，有老师教，很多人学。几个一般大的闺女对钱（注：摊钱），买手电筒里的灯泡照亮，晚上用功。灯泡太贵，买不起了，她们又对钱买棉花籽油，把油倒个破碗里，用棉花套子搓个灯捻子，一天一个人，轮班拨灯。白天纺棉花，推磨，她总想着学的字。

玉荣十六岁，继母进门。继母一辈子没生小孩，爹脾气大，顶多骂几句，不敢动手打人家。

一九五八年，玉荣二十岁，去佳木斯找哥哥，在木材加工厂做临时工，用车子推锯末子，后来拉锯，她拉下锯。她拿计件工资，多劳多得，起早贪黑，推着锯末子，拉下锯，她都能睡过去两三分钟。后来林业局食堂要通讯员，要求团员，会写字，

1957年，孙玉荣（下）与朋友邱学丽在哈尔滨见面时留影。当时她虚岁二十。孙玉荣提供。

会骑自行车，她够条件。领导看她能干，还让她当过食堂采买员，这两样活儿一个月能开三十六块钱，女工里算是高工资了。

一九六〇年结婚以后，丈夫到哈尔滨工作，那两样活儿她都不干了，在哈尔滨买五十斤碱坨，背到佳木斯卖。那时候商店里没有酵母，没有面起子（注：面碱），有碱块，卖得贵。东北人发面、煮大楂子、洗衣服、洗头都用碱，她挣的钱比工资多。要是抓住了，说你是倒买倒卖，投机倒把，东西没收。啥时候都是撑死胆大的，饿死胆小的。

玉荣在安达落脚后，把爹和继母接到安达，送出去的弟弟也在安达落脚。

玉荣让俺当第五居民组组长，俺推不出去，干过几年，俺男人笑话俺："中国最大的官是国家主席，最小的官是你。"五组二十几户，都是邻居，街道有时候给对枕巾，有时候给两双袜子。

玉荣不一样，二委好几百户人家，她操心的事多，退休后才享清福。

胡子根

黑龙江有一家姐妹五个，长得都好看，聪明伶俐。三闺女找的婆家孬，丈夫是胡子，不出名，结婚以后才知道。

胡子对媳妇不好，有一点儿小错抓住就打，不骂人不说话。他冬天扎裹腿，裹腿里放个铁叉子，防身用。

有一天，胡子打媳妇，用铁叉子往媳妇腿上扎，不叫她喊，越喊越扎。

二十多岁，媳妇成了瘸子，跟胡子生了一个闺女一个儿子。

她三十二岁那年，闺女五岁，儿子两岁。这天吃完黑天饭，家里来了仨马车，那些人进屋就抓人，把娘儿仨装到仨车里，往三个方向去。

俩孩子嗷嗷哭："我找妈妈！我找妈妈！"

后来才知道，这胡子把媳妇孩子都卖了。

媳妇给卸到一家油坊，黑灯瞎火的，她还不知道咋回事。

油坊老板姓林，脾气好，他说："你丈夫把你卖给我了，你跟我好好过吧。"

媳妇哇哇哭。

油坊老板说："你别哭了，你想吃啥穿啥，咱都能买。你哭得我好心疼。"

媳妇说："我还有俩孩子，不知道死活哩。"

油坊老板说："这哭也没用，咱想法子把孩子找回来就好了。他卖也卖不远，转圈找吧。"

一百多年前，黑龙江人烟少，村庄也少，油坊老板四处打听，油坊雇的七个人也帮着打听。几个月后，打听到百十里外的屯子有个老马头，他要了个小男孩，不到三岁，长得胖乎乎的。

媳妇一听像自己的儿子，两口子赶车去了。

老马头家就一间小房，夏天开着窗户，媳妇偷着往屋里看，看见老头在炕上躺着睡着了，孩子在老头旁边玩。

孩子猛抬头，喊了一声"妈"，把老头叫醒了。

两口子赶快走，怕老马头知道了搬家。

第二天，他们带十多个人，带着钱来到老马头家。

孩子看见妈进屋，跑过去喊："妈！妈！"

老马头脸色不好看，把孩子扯回去，娘儿俩一起哭。

油坊老板说："你都看见了，这孩子你养不住。俺媳妇想孩子，想得天天哭。这几个月俺不叫你白养，连你买孩子的钱全都给你，行不？"

老马头同意了，媳妇把孩子抱回家。

两口子找了几年小闺女，没找着。

小闺女记事了，结完婚才找着亲妈。

油坊老板没孩子，把胡子的儿子大元当亲生，要啥给啥。

大元结婚后生了九个孩子，都是老两口帮着伺候。

大元像胡子爹，他当家以后在家里吆五喝六。老两口干不动活儿了，他抬手就打。老两口不能动了，渴了不给水喝，饿了不给饭吃，死得都快。

他那九个孩子一个孝顺的没有，偷呀抢呀啥都干，总跟监狱打交道，这个出来那个进去。

登 台

十年前，俺认字不多，正在认字的路上走着哩。俺就会唱三首歌——《东方红》《敬爱的毛主席》《新苫的房》，都是"文化大革命"时候学的，别的歌俺都唱不到头。

二〇〇四年，安达市有几家卖健身器材的。那些地方健身器材免费使用，那里的促销员见了老太太叫妈妈，见了老头叫爸爸，她们教大家咋用机器，可有耐心了。去的人多了，都排队等着。

有一天，管事的说："谁会唱歌？上台唱，免费。"还有个促销员专门主持。

俺不会唱歌，心里很不舒服。

那时候，俺正起早贪黑学认字，学写字，俺想自己编歌上台去唱。

回到家，俺编好歌词，让外孙女王录给俺写到纸上，俺一遍一遍认，一遍一遍写，没过几天，歌词都记住了。

那是俺这辈子头一回登台唱歌。

主持人说："有请下一位，姜淑梅妈妈。"

听见自己名，俺就开始哆嗦，脚不会迈步，腿也不好使了，不知咋上的台；到了台上，浑身哆嗦，两眼发直，手拿着麦克风总晃。

主持人说："姜妈妈你唱呀，别紧张。"

俺没糊涂，想稳稳神再唱。

俺想把歌唱好，没唱好，回家自己生自己的气：这是唱歌去了，还是丢人去了？

那些天，干完活儿，俺除了编歌就是练歌。听别人唱《在那遥远的地方》，俺喜欢，也学着唱。

第二回登台，俺唱《在那遥远的地方》，身上还哆嗦，别人看不出来，站到台上也会说话了。

俺说："俺喜欢《在那遥远的地方》，跟人家学唱没学会，有的歌词是俺瞎编的，调也和人家的不一样。"

俺唱完了，大家都说好。

从那以后，俺还在电视里学唱歌。

第三回登台，俺一点儿也不哆嗦了。

现在，不管啥场合，俺都不紧张。

俺出书以后，很多记者采访俺，中央电视台《读书》节目还请俺和闺女到北京录节目。

节目播出来以后，很多认识的、不认识的人见到俺都说："这老太太真不得了，一点儿不紧张。"

俺说："俺紧张的时候，你们没看见，啥都是练的。"

碰上好人

俺这辈子碰上的好人很多。

一九五九年，俺和大儿子都快饿死了，叔伯嫂子拿来三斤多野菜糠面，这糠面里掺了点儿高粱面和黄豆面，星星点点的。要是没有这三斤多糠面，俺娘儿俩饿死在屋里也没谁知道。这个叔伯嫂子现在还活着，俺感念她一辈子。

一九七〇年七月份,俺娘病重,俺带着两个孩子回山东老家。

九月份，发送完老娘俺回黑龙江。

那时候，俺住在绥棱下面的山沟里，从济宁坐火车两天三夜到哈尔滨，从哈尔滨坐火车七八个钟头到绥棱，再从绥棱坐小火车到建兴，从建兴走十五六里地才能到家。

回山东的时候，天正热。回来天就凉了，三儿子六岁，二闺女八个月，俺三十三，娘儿仨没一件厚衣服，三儿子还穿着背心裤衩。下午在绥棱一下火车，身上凉飕飕的，俺抱着一个孩子领着一个，去了绥棱小火车站，俺们得在票房子坐一宿凉板凳。

票房子里人不多，也凉飕飕的，有个人对俺说："你去找个旅店住吧，你们穿得这么单，别把孩子冻坏了。"

俺啥都没说，俺没有钱住店。

天快黑了，来了一个年轻妇女，好像过来办啥事。走的时候，她来到俺跟前，问："你想在这儿过夜？"

俺说："是。"

她说："俺家就我一个人，你跟我到俺家住一夜吧。"

俺说："太好了！"

她家离小火车站不远，她跟俺说，丈夫在林业局上班，是油锯手，放树的时候没躲开，砸死了。她妹妹在小火车站上班，她刚才去看妹妹。

俺娘儿仨在她家暖暖和和睡了一夜，那个好心的妹妹还起早给俺煮了面条。俺没钱给她，送给她几尺布票。

小火车站里，哪个车厢门口都排长队，民工背着大包袱，一个挨着一个，想加塞儿也加不上。

眼看小火车要开了，俺正着急的时候，过来一个三十多岁的男人，看样他也想上车。

他走到俺跟前说："我帮你上车吧。"

小火车上有个窗户开着，他说："我得先把你儿子送进去。"

俺说："中。"

他把三儿子从窗户送进去，再送包袱和二闺女，三儿子在里面接着。最后，他抱着俺的腿，把俺送进去。

俺娘儿仨上了火车，俺问："大哥，你咋上来呀？"

他说："你不用管我，实在上不去，我明天再走。我是公出，没事。"

俺老家都说：爹娘死了，三年没好运。俺鞋上糊白布，穿着重孝回家，碰上的都是好人。

这两年，采访俺的记者很多，中央电视台、凤凰卫视、山东卫视都来请俺录节目，老家的记者还跟俺去巨野县百时屯采访，都没少费心。俺知道，这是给俺加油哩。

谢谢帮过俺的人，好人都会有好报。

编后记

　　为了姜淑梅老人的新作《俺男人》，久违的失眠毛病又卷土重来，原因就是想得太多……

　　一个偶然的机会，一个夜晚，我们在北京的姜淑梅新书读者见面会上相识。此后，我与姜淑梅的女儿艾苓女士联系不断，至今她们都成为我们出版社的作者，我成为她们书稿的选题策划或责任编辑。

　　大约是在中央电视台某日的《新闻联播》上，我第一次看到姜淑梅这位白发苍苍、精神矍铄的传奇老人，知道她"六十岁认字，七十六岁出书"的传奇故事。正是因为有了这个第一印象，出于职业敏感，那次北京书店认识以后，我就向姜淑梅老人和艾苓老师约稿。尽管她们愿意把作品拿到山东老家的出版社出版，也认可山东画报出版社的品牌，但是，她们提出要与我社合作，必须得到发现和成就了姜淑梅传奇的磨铁公司的同意。十分幸运的是，尽管恋恋不舍，磨铁公司铁葫芦图书的项目经理陈亮先生最终还是成人之美。陈亮先生的义举，让我相信，出版界的同行之间，不仅仅是利益竞争的关系。

于我而言，编辑姜淑梅老人这本书稿的过程，是一个学习和享受的过程。我是上个世纪六十年代初生人，亲身经历过书稿中记述的那些穷时候、苦日子。类似于本书叙述的有关家族及个人的故事，在我的老家青州（原益都县）也"货源充足"。可惜，青州没有出现姜淑梅和艾苓这样一对会写故事的母女作家。

编辑这本书的时候，我脑海里也一度闪现过作家梦——像姜淑梅老人那样，把自己亲历亲见亲闻的历史，以讲故事的形式写出来。未来的作品，应该以照片为线索，围绕新老照片去展开。遗憾的是，除了缺少姜淑梅老人那样丰富的阅历和苦难生活的洗礼，最缺的自然是毅力、恒心以及必要的时间。还有，就是我们这些受过系统教育和文史书写训练的知识分子，已经很难做到姜淑梅老人那样原生态的民间叙事了。

姜淑梅老人的叙事，完全是大白话，文字简洁朴实，只摆事实，不讲道理，没有假话、套话和废话，不加任何评论和褒贬，是未经意识形态过滤、筛选的民间历史。半个多世纪以来国内外的风云变幻、时代变迁，都被她写进普通人的生活。正如知名作家、编辑出版家张守仁先生所言："老人用老百姓的语言、迥异于知识分子的方式，叙述、复活了她所经历的艰苦岁月。字里行间，融化进传统女性的美德、底层民间的善恶标准，以及人民大众的耐苦、勤劳和勇敢，因而让人读了感动不已。"

编辑书稿的过程中，我有若干次的被感动。书稿最后一篇

《碰见好人》，作者写她带着两个幼子到巨野奔丧返回黑龙江时，因为天色已晚，没有钱住店，被迫滞留火车站候车室过夜，碰巧被路过的一位好心妹妹接到家里食宿；第二天在火车站上不去火车时，她和两个孩子被一位素不相识的中年男子施以援手，而那位中年男子为此错过了乘车的机会……不知怎的，读到这里，我心头忽然一酸，潸然泪下。很可能，那样一个孤苦无助的夜晚，丧失至亲的悲伤，好心人的意外救助，触动了自己某根敏感的神经或伤感记忆。也因为这个感动，当艾苓女士提出要删去这篇文章时，我建议她对这篇文章"手下留情"。

　　大家手里的这本书，是姜淑梅老人的第四本新书。本书与此前三本书的叙事风格和行文特色完全相同；不同的是，这本《俺男人》的大部分文稿为第一次发表，第一次有了配合文字的老照片和新照片，有了女儿"张老师"的"代序"以及本人的这篇"编后记"。这些新增内容，可以赋予本书更多附加值，让读者更好地了解图书产生的背景和经过，进而增加对作品内涵的理解。

傅光中

2016 年 4 月 26 日